CARLOS-RENDON

LA JUNG-FRAU

GRAINS DE SABLE

PARIS

LIBRAIRIE DES IDÉALISTES

ÉMILE PAUL

100, rue du Faubourg-Saint-Honoré. — Place Beauvau.
Rue Miroménil, 1.

LA JUNG-FRAU

> La rêveuse Jung-Frau, de son vert piédestal,
> Déploie au vent des nuits sa robe de cristal.
>
> LAMARTINE.

> Jung-Frau, le voyageur qui pourrait sur ta tête
> S'arrêter et poser le pied sur sa conquête,
> Sentirait dans son cœur un noble battement.
>
> DE MUSSET.

CARLOS-RENDON

LA JUNG-FRAU

GRAINS DE SABLE

PARIS

LIBRAIRIE DES IDÉALISTES

ÉMILE PAUL

100, rue du Faubourg-Saint-Honoré. — Place Beauvau.
Rue Miroménil, 1.

A LA SOCIÉTÉ DES IDÉALISTES

La Jung-Frau, c'est-à-dire la jeune fille! Que de souvenirs rappelle ce beau nom! Lord Byron, Musset, Lamartine, ont tour à tour célébré le géant des Alpes bernoises.

A peine entré dans la carrière, j'ose, après les maîtres, chanter la Suisse et la plus belle de ses merveilles; j'essaye d'ajouter une nouvelle perle au diadème qui ceint le front de la vierge helvétique.

Certes la hardiesse n'est pas médiocre et la chute pourrait être terrible. L'ai-je évitée? Vous en jugerez.

Pourquoi donc ai-je entrepris une œuvre si pé-
rilleuse? Je gravissais un jour les flancs de la Jung-
Frau, lorsque sous un escarpement de rocher j'aper-
çus une jeune paysanne qui fondait en larmes.
Quelle pouvait être la cause d'un chagrin si profond? Je m'approchai de la belle éplorée. J'appris
que l'année précédente elle avait perdu son fiancé,
et que sa mère voulait lui faire épouser un jeune
montagnard qu'elle n'aimait pas.

Assurément, le fait est bien vulgaire et ne semble
guère mériter les honneurs de la poésie. J'ai pensé
le contraire. Me suis-je trompé? Vous en jugerez.

Carlos-Rendon.

1881.

LA JUNG-FRAU

PROLOGUE

I

O beau pays des lacs! O Suisse bien-aimée!
Mon cœur, foyer d'amour, va répandre sur toi
L'étincelle de feu par ton charme allumée,
Le tendre souvenir que je conserve en moi!

Et cet oiseau divin, la mémoire fidèle,
Te mettra sous mes yeux en des vers cadencés,
Et, sur mon triste front, jettera d'un coup d'aile,
Au lieu d'un blanc duvet, quelques mâles pensers!

Comme aux premiers rayons éclôt une prunelle,
Aux lueurs du passé ma lèvre s'ouvrira
Pour laisser échapper une chanson nouvelle !
Aux accents de ma voix le Seigneur sourira !

Et mes yeux, croyant voir tes superbes montagnes,
Dont le sommet brumeux, sans gazon et sans fleurs,
Sert de siège immobile aux glaces tes compagnes,
A ce doux souvenir se mouilleront de pleurs !

Oui, je te veux chanter, ô ma Suisse adorée !
Je veux rendre immortel l'amour que j'ai pour toi ;
Je veux que l'univers, moins ma France sacrée,
Se prosterne à tes pieds comme devant un roi !

II

Ruche où la liberté, laborieuse abeille,
Porte le butin pris dans cette fleur vermeille
    Que l'on nomme : le droit !
Où la guerre, ce monstre à la lèvre altérée,
Fut dans le noir passé pour toujours enterrée
    Par un chasseur adroit !

Tu touches de ton front à la voûte étoilée
Pour montrer des tyrans la race muselée
    Par la main de l'Égalité !
Et des cieux éloignés tes montagnes prochaines
Semblent ravir à Dieu les amoureuses chaînes
    De la Fraternité !

1.

Lorsque tes monts hautains sont couverts de nuages,
On croit que c'est l'esprit des siècles et des âges
Qui descend et pénètre en toi!
Quand ta cime répand sa vapeur qui s'élève,
On croit voir tes pensers qui montent comme un rêve
Vers Dieu, notre seul roi!

III

Au séjour de l'Éden lorsque le premier homme
Porta ses doigts tremblants sur la funeste pomme,
       Le Seigneur le maudit.
Mais l'immortel chasseur d'une tête chérie
L'abattit autrefois avec la tyrannie,
       Et c'est pourquoi Dieu te bénit!

Et c'est pourquoi tes lacs où plongent les étoiles,
Où, comme des oiseaux, volent de blanches voiles,
       Ces ailes du bateau,
Sont purs comme le ciel, verts comme l'émeraude
Et si délicieux le soir, quand la nuit rôde
       Couverte de son noir manteau!

IV

C'est le pays du poète,
C'est le pays des amants;
Là s'apaisent les tourments,
Et la vie est une fête!

C'est un nouveau paradis,
Mais sans serpent et sans pomme,
Le Seigneur protège l'homme
Comme un pasteur ses brebis!

Tout nous convie à l'étude;
Les flots des lacs bleus sont purs,
Et les bois toujours obscurs
Sont peuplés de solitude!

Je voudrais, moi qui t'admire.
Près de toi toujours rester,
Entendre tes lacs chanter
Et voir ton beau ciel sourire.

V

Le Créateur te mit, ô Suisse philanthrope,
Séjour de l'harmonie aux célestes accords,
Entre de grands lions, au centre de l'Europe :
Tel le cœur au milieu du corps.

Mais celui qui voudrait franchir cette frontière,
Voilant à nos regards la chaste liberté,
Malgré lui baisserait sa superbe crinière
Devant ta majesté !

Le lion qui voudrait, sortant de son repaire,
Ravager de sa dent ce céleste séjour,
En te voyant, ô Suisse, il mordrait la poussière,
Blessé par le fer de l'amour !

L'avide conquérant, dont le cœur est l'auberge
Où règnent les désirs de l'égoïsme affreux,
S'en irait à tes pleurs, comme aux pleurs d'une vierge
Recule l'amoureux !

LÉGENDE

Je vois la Jungfraou dont le flot de cristal
Se dresse vers le ciel plus fier qu'un front royal.

Carlos-Rendon.

Maria, dite La Jungfraou, fille de la mère Fritz.

La Mère Fritz.

Marcel, chasseur.

Guillaume, pêcheur.

CHANT PREMIER

I

AUX POÈTES

Oh ! si tu veux puiser aux sources inconnues,
Poète, si tu veux qu'un rayon sidéral
De ton obscurité perce les sombres nues,
Cours vers ces régions où du saint Idéal
La main du Tout-Puissant édifia le temple.
Cours, jeune homme, gravis la montagne et... contemple !
De larmes malgré toi tes yeux se mouilleront,
Et tu croiras planer dans la voûte infinie,
En voyant, dans ces lieux où chante l'harmonie,
La terre sous tes pieds, le soleil sur ton front !

II

LE VILLAGE

La légende a couvert de sa robe étoilée
Ces sommets où la neige étend son blanc manteau.

On a dit qu'autrefois, sur un riant coteau,
Une chaumière au loin, par les arbres voilée,
Cachait sa pauvreté dans ces bois inconnus.

— Aux rayons du soleil quand une rose est née
D'autres viennent fleurir auprès de leur aînée. —

Ainsi dans ce vallon quelques nouveaux venus
Bâtirent leurs maisons auprès de la première ;
Et dans chaque réduit, et dans chaque chaumière
Régnaient et le bonheur et la simplicité ;

Chaque jour s'écoulait dans la félicité.

III

LA JUNGFRAOU

Avec ses cheveux blonds flottant sur ses épaules,
Dans l'humide forêt, où pleurent de vieux saules,
Pourquoi la jeune fille aux candides appas,
La pure Jungfraou, conduit-elle ses pas?

Le pêcheur amoureux dont la lèvre lui chante,
Sur un pipeau léger, le refrain qui l'enchante,
Lui, qui sera bientôt le meilleur des époux,
Ne va-t-il pas venir au lieu du rendez-vous

Saisir entre ses bras la Jungfraou splendide
Et jeter, tout joyeux, de sa lèvre candide,
Sur son front rougissant,—bouton de fleur vermeil,—
Le baiser, ce rayon de l'amour, ce soleil?

J'entends un bruit léger, c'est le lac qui frissonne,
Et c'est la Jungfraou qui murmure : « Personne ! »
Et le saule pleureur, qui répète tout bas :
« Ton pêcheur, pauvre enfant, il ne reviendra pas! »

Que fait la Jungfraou? Rapide, elle détache
De ses deux blanches mains la robe qui la cache,
Et sur son corps de lait ses cheveux embaumés
Brillent. A son aspect, les bois semblent charmés.

Son corps va recevoir le froid baiser de l'onde,
Et, voyant dans le lac flotter sa tête blonde,
On peut s'imaginer que le brillant soleil
Contemple en ce miroir son visage vermeil.

Mais ne vois-tu donc pas, ô nouvelle Diane,
Belle comme Vénus, chaste comme Suzanne,
Qu'à travers le feuillage un homme en ce moment
Te dévore des yeux? Ce n'est pas ton amant.

Dans le cristal mouvant tu pénètres, folâtre,
Sans voir cet homme qui dès longtemps t'idolâtre,
Qui, triste, de ton cœur maudit la dureté,
Ce jardinier qui veut cueillir ta pureté.

IV

LE LAC

Le ciel était serein, le lac était limpide
Quand Guillaume partit sur sa barque rapide,
Aux premières lueurs que verse le matin,
Pour sonder ces flots purs et trouver un butin.

Mais il n'est pas venu près de sa fiancée.
Et l'on peut voir au loin, par l'onde balancée,
Une barque qui flotte et qui semble chercher
Son maître disparu près d'un affreux rocher.

Le ciel était serein, la vague était limpide ;
Non, non, tout invitait son amant intrépide ;
Cette barque lugubre est d'un autre pêcheur.
La Jungfraou frissonne à la douce fraîcheur

Qui caresse son corps ; et pourtant elle pense...
Elle rêve... Quelle est l'affaire qui dispense
Son ami d'accourir dans ses bras désireux
D'entourer son cou blanc d'un lien amoureux ?

Comme il amène au port une blanche nacelle,
Soudain le lac plaintif vers la jeune pucelle
Apporta, — sans souci pour le cruel tourment
Qu'elle allait éprouver, — le corps de son amant !

Chose incroyable, affreuse ! Oh ! son âme avait-elle
Entendu ces soupirs ? De la voûte éternelle
Ne pouvant s'envoler vers l'amante aux yeux doux,
Il envoyait du moins son corps au rendez-vous !

Mais le ciel était pur ! le lac était limpide !
Comment alors la mort, — ce maraudeur cupide
Qui va dans chaque nid ravir un pauvre oiseau, —
Avait-elle volé la vie au jouvenceau ?

Qui pourrait expliquer cet horrible mystère ?
Peut-être le chasseur qui, couché contre terre,
Homme au regard farouche, au visage fatal,
Voyait jouer l'enfant dans le flot de cristal,

Peut-être avait-il vu se dérouler un drame
Entre le ciel et l'eau dans une barque à rame,
Et qui durait encor quand le soleil a lui.
Si le saule parlait, il le dirait bien, lui!

Oh! certe, il le dirait! En vain de sa ramure
Il veut tirer un son autre que son murmure;
Il s'efforce et se tord... mais, hélas! c'est en vain,
Il ne pourra jamais dévoiler l'assassin!

L'assassin! qu'ai-je dit? Est-ce un meurtre, est-ce un crime?
Ce malheureux pêcheur serait-il la victime
D'un attentat commis par un brigand du val?
Je ne crois pas. Peut-être est-ce par un rival.

Les voleurs n'avaient rien à prendre à ce jeune homme,
Car son père, vieillard qu'avec respect on nomme,
Était riche en vertu, mais était pauvre en or.
Du pêcheur cette vierge est l'unique trésor!

Mais ce trésor a pu dans une âme ravie
Répandre le pavot que l'on appelle envie,
Et qui toujours endort les nobles sentiments
Lorsqu'il a pénétré dans le cœur des amants!

2.

V

LE PRINTEMPS

Le vieux saule pleureur a changé sa parure ;
Le souffle de l'hiver effeuilla ses rameaux ;
Un linceul s'étendit sur toute la nature
Et le froid glacial endurcit les ruisseaux ;
Mais, chassant du ciel bleu cette saison avare,
Le printemps amoureux, fils chéri du soleil,
S'avance plein de fleurs, et, de son doigt vermeil
Soulevant le linceul, dit : « Lève-toi, Lazare ! »
La nature obéit à cette douce voix,
S'éveille en souriant à la saison nouvelle,
Comme, en ouvrant ses yeux, souriait autrefois
Au prince Bien-Aimé la Belle au Bois dormant !

Les arbres à leurs fronts abritent l'hirondelle
Qui nous ravit le cœur de son babil charmant,

Et dans les courts sentiers, se parlant à voix basse,
Le couple que l'hiver avait séparé passe
Et fait son rendez-vous dans ce divin séjour,
Souriant au printemps qui sourit à l'amour.

VI

LA TOMBE

O vierge ! ô ma pucelle ! ô ma blanche colombe !
Tes yeux, que cherchent-ils dans la voûte d'azur ?
Ton sein en soupirant se soulève et retombe ;
Le lac lèche tes pieds avec son flot si pur ;
Le saule verdoyant gémit auprès de toi ;
O vierge ! ô ma pucelle ! ô ma blanche colombe,
Ton sein voluptueux, doux oreiller qu'un roi
Envierait pour poser sa tête qui s'endort,
Sous sa blancheur de lait — de même que la tombe
Sous une froide pierre — à nos yeux cache un mort !

VII

LE SOUVENIR

Souvenir, triste écho qui redis à nos cœurs
Ce que dictait l'amour à des lèvres aimées,
Miroir qui réfléchis la joie et les douleurs,
Feu follet qui t'enfuis des âmes opprimées !

Lorsqu'on pleure un amour, on aime la souffrance.
C'est pourquoi, souvenir, tu n'es jamais cruel;
Si tu n'apportes pas à nos cœurs l'espérance,
Ton doigt consolateur nous entr'ouvre le ciel !

Belle étoile éclairant la sombre nuit de l'âme,
Comme un divin flambeau près des divins autels,
O cendre que produit une brûlante flamme,
O souvenir sacré, tu nous rends immortels !

VIII

GUILLAUME

Un an s'est écoulé depuis l'heure fatale
Où Guillaume a trouvé la mort dans le lac bleu ;
Un an, ô jeune fille, un an, humble pétale
Qu'arrache à l'avenir ou le destin ou Dieu !

Et le chagrin toujours habite dans ton âme !
Le chagrin, ver rongeur, ton âme, fruit exquis !

Le malheureux amant que ton amour réclame
Est aussi par les vers rongé dans un tombeau,
Mais son esprit, crois-moi, s'il est un paradis
Séjour des Séraphins et du Maître suprême,
Où nous devons trouver le bien, le vrai, le beau,
Son esprit, pauvre enfant, rêve à celle qu'il aime !

Il quitte par instants la phalange divine
Où tous n'ont qu'une voix pour chanter le Très-Haut,
Et, planant dans le ciel que le jour illumine
Et d'où l'astre répand son rayon pur et chaud,
Il doit venir vers toi, doux objet de ses vœux!
Vers toi qu'il appelait déjà du nom de femme.

Le zéphyr embaumé qui baise tes cheveux,
Peut-être, ô Jungfraou, peut-être est-ce son âme!

IX

MARCEL

Dans les flots du passé sombra ton espérance !
Il ne te reste rien de ton rêve achevé,
Si ce n'est, pauvre enfant, la terrible souffrance
De te dire, en songeant au passé : J'ai rêvé.

Le passé, le passé, jeune fille au cœur brave,
N'apporte que l'orage à ton sombre avenir !
Mais à tes pieds souvent il te jette une épave,
Et c'est le souvenir !

Non ! ce n'est pas assez d'avoir souffert, enfant !
C'est ta mère qui vient augmenter ton martyre.
Sèche donc tes beaux yeux, puisqu'elle te défend
D'obéir au chagrin qui t'appelle et t'attire !

Pleure! pleure plutôt! pleure encore et toujours
Que jamais dans l'oubli ton bien-aimé ne tombe.
Triste Marie, attends le dernier de tes jours
      A genoux sur sa tombe!

Mais non! un fiancé doit entrer dans ce cœur!
Avec son seul amour on veut donc qu'il divorce!
Et s'il ne s'ouvre pas de suite à ce vainqueur,
Ce guerrier! ce héros! l'emportera de force!!!

De force! car sa mère est un des combattants,
Car c'est elle qui veut qu'elle épouse cet homme;
De son cœur elle doit ouvrir les deux battants;
      Et cet époux se nomme.....

Crime! scélératesse! ô comble d'impudence!
O toi que Virginie appellerait sa sœur,
Laisse, laisse couler tes pleurs en abondance.
L'époux que l'on te donne, enfant, c'est le chasseur!

X

LA CHANSON DU PÊCHEUR

L'écho des bois s'éveille, une voix retentit;
Voici ce qu'elle dit :

« Je veux pour l'enfant timide,
Je veux pour l'enfant candide,
Cueillir la plus belle fleur,
Et je lui dirai : « Mignonne,
« Pour la fleur que je te donne
« Fais-moi présent de ton cœur! »

Et dans ce lac qui déferle
Je veux chercher une perle
Dont les rois seront jaloux,
Et je lui dirai : « Mignonne,
« Regarde, je te la donne
« Si tu me prends pour époux! »

XI

TRISTISSIMA

Une voix que souvent un sanglot accompagne
Se fit entendre aussi dans la verte campagne :

« Brienz, toi qui me pris l'ami que j'adorais,
Lac, dont le flot d'argent à mes pieds se déroule,
Où se mirent la nuit les étoiles, je vais
    Le chercher dans ta houle.

Adieu, belle campagne au gazon verdoyant,
Où le printemps m'a vu cueillir les primevères,
Et toi, cher petit lac dont le flot ondoyant
    Jette des chants sévères.

Adieu, ciel étoilé qui brillais chaque soir,
Et versais des rayons et des traits de lumière
Sur mon front assombri quand je venais m'asseoir
Au seuil de ma chaumière!

Toi, colosse muet que mes pieds ont foulé,
Adieu, vieux compagnon des jeux de mon enfance.
Mes premiers jours cachés dans ton sein ont coulé
Libres et sans défense.

Toi, que seule j'aimais et pour qui je vivais,
Adieu; pardonne-moi si je brise, ô ma mère,
La coupe de la vie où, triste, je buvais
La douleur trop amère!

XII

LA PERLE

Le lac a tressailli, le gouffre s'est ouvert;
Puis il s'est refermé, puis le lac a couvert
De tulles transparents une royale proie,

O Maria, tu dors auprès de la lamproie !

— Petit ange, le Ciel se réjouit d'avoir
Une si douce enfant dans son sein, et de voir
Ton amoureux pêcheur, dans des accès de fièvre,
Cueillir les doux baisers qui pendent à ta lèvre ! —

Mais non, un cri soudain, — terrible cri du cœur, —
Rend sérieux l'écho, presque toujours moqueur.

Le chasseur apparaît et, poursuivant sa trace,
Du lac il brise encor la limpide surface ;
Plonge jusques au fond, et dans l'obscurité
Il cherche, plein d'ardeur et de témérité,
Le butin que le ciel veut ravir à la terre !

Sous la vague, séjour de nuit et de mystère,
Il cherche cette étoile !

                Et le lac, fredonnant
L'éternelle chanson, est calme.

                   Abandonnant
Enfin toute espérance, il s'élance à la nage
Vers le bord.

             Harassé, l'esprit ivre de rage,
Il sonde du regard le gouffre où le trépas
Seul allait devenir maître de ses appas,
Et dit : « Lac, rends-la-moi !

              Le flot bleu qui déferle
En chantant, jette aux pieds du chasseur cette perle !!

XIII

AMOUR ET HAINE

Elle vit!

    Le chasseur de sa lèvre de feu
A brûlé le front blanc de l'enfant qui s'éveille!

Elle ouvre ses grands yeux : ô miracle, ô merveille!
Le baiser du chasseur, tel le souffle de Dieu,
Sur ce cadavre inerte a répandu la vie!

La pauvre jeune fille, au paradis ravie,
En permettant au ciel d'éclairer ses beaux yeux,
Reste pâle d'horreur et cherche dans ces lieux
Guillaume son ami, qui, dans sa froide tombe,
Gémissait en songeant à sa douce colombe.

Elle rêvait encor !

                    Mais, lorsque son esprit
A son tour s'éveilla, la colère la prit.

L'enfant, croyant devoir au malheureux la vie,
Puise au fond de son cœur sa rage inassouvie
Et dans des flots de mots la lui répand au front !

Marcel, le chasseur, calme, il sourit à l'affront,
Mais coupant son discours, lui dit d'un air féroce :
« As-tu déjà fixé le jour de notre noce ?

— Certes, je l'ai fixé, le jour de notre hymen.
Le jour où je te dois abandonner ma main,
Est le jour où la mort sur nous sera passée.

Puisque tu veux ma main, tu l'auras, mais glacée.

Homme au cœur insensible, homme au cœur animal,
Sache que je te hais comme je hais le mal,
L'amour que je t'inspire est un amour de bête
Qui voudrait voir sa faim hideuse satisfaite,
Et qui, si je venais à perdre mes appas,
Auprès d'autres beautés entraînerait tes pas.

J'aime, sache-le bien, j'aime celui qui veille
Près de moi chaque soir, me parlant à l'oreille;

J'aime, souviens-t'en, toi, j'aime celui qui dort!
Celui qui chante aux pieds du Seigneur grand et fort.

Cet amour me suffit, et ma chair insensible
Aux flammes de ton corps est toujours impassible!

Je ne céderai pas à des transports charnels,
J'aime les amours purs, car ils sont éternels! »

Et, prenant son essor comme un oiseau volage,
La triste Jungfraou rentra dans son village.

XIV

PAUVRE MARCEL !

Marcel ! pauvre Marcel ! tu l'aimes, cette femme !
Et, comme le charbon cache le diamant,
Tu caches, ô Marcel, cet amour dans ton âme
  Vile comme un fumier.

A quoi donc rêves-tu ? Dans ton cœur bien aimant
A grondé l'ouragan d'amour et de colère,
Plus terrible que ceux qui brisent le palmier
  Au sol de l'Amérique altière !

Tu fouilles dans ton cœur pour trouver de la haine ;
Mais pour la Jungfraou tu n'as que de l'amour,
Tandis qu'elle envers toi reste, malgré ta peine,
  Froide comme un acier.

Et cet acier maudit déchire chaque jour
Davantage ton cœur, qui pleure cette femme ;
Le feu de ton regard ne fond pas le glacier
    Que la pauvre enfant a pour âme !

« Le monde est un enfer dont la femme est le diable, »
Dis-tu, mon pauvre ami, mon pauvre et cher Marcel.
Comme le temps, elle est, je sais bien, variable ;
Mais ce démon nous donne un avant-goût du ciel !

XV

LE SAULE PLEUREUR

Marcel a ri !

      Satan lui-même eût reculé

En voyant ce visage et ce ris simulé !

Il a ri !

      Quelle horreur a germé dans sa tête ?

Sa peine a naufragé dans la sombre tempête

Qui tortura son corps, son âme et son esprit.

Vierges, tremblez ! Soleil, voile-toi ! Marcel rit !

Il rit et de bon cœur !

      Une horrible pensée

Vient de sortir du sein de son âme offensée !

. . . .

Ce drame s'est passé près du saule pleureur,

Qui parut soupirer et tressaillir d'horreur,

Lorsque la pauvre enfant, sous le cristal fragile

Du lac, alla chercher un ténébreux asile

Contre la passion de l'odieux chasseur.

C'est lui qui maintenant murmure avec douceur

Ce chant harmonieux d'amour et de mystère

Qui, vers la nuit surtout, s'exhale de la terre,

Et, comme les parfums des divins encensoirs,

Quand la belle saison ramène les beaux soirs,

Quand l'arbre voit ses fleurs et ses feuilles mêlées,

Monte avec les soupirs aux voûtes étoilées.

Le chasseur s'est levé, car la nuit est aux cieux,

Et, malgré la beauté du soir délicieux,

Il doit abandonner la forêt presque sombre,

Pour méditer longtemps, en se plongeant dans l'ombre,

Quelle heure il faut pour mettre en exécution

Son dessein criminel, fruit de sa passion.

Le feu le plus ardent produit toujours la cendre,

Le plus brûlant amour produit la jalousie.

3.

Lorsque ce mal affreux pénètre dans nos cœurs,

Quand de l'enfer maudit il ose un jour descendre,

Qu'il domine l'esprit d'après sa fantaisie,

L'amour commet alors les plus grandes horreurs !

. . . .

Couvant dans son esprit son idée ennemie,

Le chasseur va rentrer à la ville endormie.

Il doit passer auprès du vieux saule pleureur.

Pourquoi l'ami Marcel frémit-il de terreur ?

Ce n'est rien.

      Le chasseur rit !

            Mais à son passage

Le saule se redresse et le frappe au visage !

CHANT DEUXIÈME

Qui donc, voulant souiller cette enfant par hasard,
Ne reculerait pas devant son pur regard ?
TRISTISSIMA.

I

LE SOMMEIL

Sur les pauvres blessés que l'hôpital recèle

La sœur de charité répand avec grand zèle

Les baumes et surtout les mots consolateurs

Qui savent apaiser les plus vives douleurs.

Elle va vers l'un, vers l'autre, avec ce sourire

Qui ressemble à celui d'une douce martyre.

Et tout malade rend grâces à l'Éternel

Pour avoir envoyé ce chérubin du ciel.

De même le sommeil sur les âmes blessées
Que torturent toujours de funestes pensées,
Chaque nuit, verse à flots ces beaux rêves dorés,
Et montre aux yeux fermés les êtres adorés.

Il parcourt l'univers; chaque ville l'arrête;
Console le malade et, quand sa tâche est faite,
Continue en volant son voyage éternel!

Et tout homme, touché de son soin paternel,
Bénit le doux sommeil qui donne à notre vie
Les seuls moments heureux où l'âme soit ravie.

Et tout malade rend grâces à l'Immortel
Pour avoir envoyé cet ange de son ciel.

II

ANGE ET DÉMON

La Jungfraou dormait.

De sa lèvre mi-close,
Avec les mots plaintifs qui pleuraient ses amours,
S'échappait un parfum et de lis et de rose.

Le silence des nuits écoutait son discours.

Son œil, demi-voilé par sa blanche paupière,
Que bornaient des cils noirs retournés vers le bord,
Répandait comme un astre une vive lumière.
La batiste voilait les formes de son corps.

Son rêve gracieux vers l'idéal l'emporte :
Et le démon rôdait tout autour de sa porte !

III

HÉLAS !

Quelle est la forme qui noircit
Ce mur éclairé par la lune ?

Pourquoi se cache-t-elle ainsi
Aux côtés où l'ombre est plus brune ?

Est-ce un voleur, un assassin,
Qui, formant un hideux dessein,
Veut l'exécuter à cette heure ?

Ou la Mort au cœur de rocher ?

Est-ce la Mort qui vient chercher
Un malheureux dans sa demeure ?

Faut-il que les astres des cieux
Éclairent, hélas! tous les crimes!
Et que leurs rayons lumineux
Aident à creuser les abîmes!
Et faut-il que la sombre nuit
Soit propice à celui qui nuit!
Et faut-il que l'amour invente,
Pour assouvir ses passions,
La plus noire des actions
Qui nous remplissent d'épouvante!

C'est Marcel qui longe le mur.

Il est pâle, il est taciturne,
Et ses yeux noirs, au regard dur,
Brillent sous le voile nocturne.

C'est vers la maison de l'enfant
Qu'il se dirige en étouffant
Le bruit que fait son pas rapide.

Il arrive enfin sur le seuil,
Une larme mouille son œil,
Et puis reste un instant timide.

Oui, car cet homme l'adorait;
Sa passion inassouvie
Pour le baiser qu'il désirait
Eût donné tout, même sa vie.

Il avait tué le pêcheur
Parce qu'il possédait le cœur
Et la main de la jeune fille.
Maintenant il veut le bonheur
Avec le respect et l'honneur
D'une honnête et noble famille.

Mais il s'arrête sur le seuil
De cette maison.
               Indécise,
Sa conscience est un écueil
Qui s'oppose à son entreprise.

Aveuglé par son fol amour,
Entrera-t-il dans ce séjour?

Souillera-t-il cette chaumière ?

Et cette bête, dans l'enfant,
Qu'à présent nul être défend,
Va-t-elle faire sa tanière?

Entreras-tu, Marcel?
                    Marcel,
Par le Seigneur universel,
Par ta mère qui te fit naître,
Ne franchis pas cette fenêtre!

Marcel, si tu l'aimes vraiment,
Recule, recule à l'instant.

Oh! que ta passion ne voile
Pas sur son front la douce étoile
Que pose la virginité!
Commettras-tu cette infamie?

Oh! recule, et l'éternité
S'ouvrira pour toi dès ce jour.
Respecte l'enfant endormie.
Ayant égard à ton amour,

Tome II.   4

Si tu t'éloignes de l'abîme,

Dieu te pardonnera ton crime.

Oh! par Jésus mort sur la croix,

O Marcel, écoute ma voix!

Mais non; pour l'immonde reptile

Toute prière est inutile :

Il franchit la fenêtre, hélas!

Infâme! tu ne l'aimes pas!

IV

LE DRAME.

Marcel avait tué le pêcheur.

                — Dans la voûte

L'astre du ciel avait recommencé sa route.

L'Océan sommeillait, et le doux enflement

De son sein exhalait un tendre ronflement.

Sortant de leurs séjours en même temps, deux êtres

S'avançaient à travers les bois peuplés de hêtres.

L'aile de la douleur du plus âgé des deux

Ombrageait le front triste et le rendait hideux !

L'autre, à travers les bois sautant comme une chèvre,

Captivait les échos des accents de sa lèvre :

« Nous allons chercher dans cette onde

Les gros poissons dont elle abonde,

Pour les vendre au marché prochain ;

Et les poissons viendront d'eux-même

En écoutant mon gai refrain :

« Je t'aime, je t'aime, je t'aime ! » —

C'est Marcel ; c'est Guillaume.

MARCEL.

Où ton heureux destin,

Guillaume le pêcheur, conduit-il ce matin

Tes pas, dont j'ai trouvé plus d'une fois la trace

Dans ce bois qui paraît fait pour que l'on s'embrasse ?

GUILLAUME.

Hélas ! je vais encor dans cette onde d'azur,

A la face du ciel qui s'éveille sublime,

Commettre, comme hier, toujours le même crime !

Le petit poisson croit que son séjour est sûr,

Que nul homme ne peut le chercher dans ce gouffre ;

Il est libre et content. Quel mal a-t-il donc fait

Pour que j'aille ravir, par un sombre forfait,
Par un crime odieux dont tout mon être souffre,
Ces cher. petits poissons à leur foyer mouvant.

Vois-tu, mon cher Marcel, je pense bien souvent,
Lorsque je vais lancer mon filet dans cette onde,
Que je suis, mon ami, le plus vil de ce monde.

Ce que je hais surtout dans mon métier, Marcel,
C'est qu'il me faut masquer sous un ver hypocrite
Le mortel hameçon.
                    Il faut être cruel
Pour voir sans nul émoi le poisson qui s'agite,
Qui tâche, mais en vain, de fuir son triste sort.
Le monde est ainsi fait : il faut toujours la mort
Pour suffire aux besoins de la nature humaine !

Nous allons du gibier envahir le domaine ;
Il faut verser du sang pour apaiser sa faim,
Et pour vivre en ce monde il faut être inhumain !

MARCEL.

Moi, j'adore la chasse, et mon âme est heureuse
Lorsque ma flèche atteint une biche peureuse.

GUILLAUME.

Mais, lorsque tu la vois se tordre de douleur,
Ton cœur secrètement plaint-il pas son malheur?

MARCEL.

Je n'y pense jamais. Quand ma flèche s'envole
A travers le grand chêne, ou l'orme, ou le vieux saule,
Rempli d'anxiété, je la suis de mes yeux
Comme l'œil du marin suit un nuage aux cieux.

Ma flèche siffle et court; un arbre me la cache;
Mais j'entends le sanglot que la douleur arrache
A l'animal blessé qui s'efforce de fuir.

Je m'élance à mon tour, enivré de plaisir,
Et mon poignard avide avec sang-froid l'achève;
Et, ceci terminé, sur-le-champ je me lève,
Je le prends et l'emporte avec moi.

GUILLAUME.

Mais le sang,
Que répand à grands flots l'animal gémissant

Et qui tache ta main, a-t-il aussi des charmes ?
Dis, n'as-tu pas lavé ta main de quelques larmes ?

MARCEL.

Le sang ne gêne pas ni mes yeux ni ma main,
Cher Guillaume.

GUILLAUME.

Ton cœur est-il donc inhumain ?

MARCEL.

Non, mon cœur est sensible, et l'amour qui m'enflamme
Peut te prouver que j'ai, Marcel, une grande âme.
Tu connais Maria dite la Jungfraou ?
Eh bien, de ses yeux bleus, mon ami, je suis fou,
Et cette passion me torture et m'affame,
Car l'amour se nourrit des baisers de la femme !
Mais bientôt Maria me paîra de retour,
Et nous verrons bientôt l'arbre de notre amour
Se couvrir de beaux fruits et de roses vermeilles,
Enfants de notre cœur, de l'amour et des veilles !

GUILLAUME.

J'aimais la Jungfraou.

MARCEL.

Mais tu ne l'aimes plus.

GUILLAUME.

Maintenant je l'adore, ami, car je lui plus,
Car son œil s'abaissa, dans sa douceur extrême,
A poser son regard sur moi.
                              Marcel, je l'aime
Comme le jour, autant que Dieu chérit le bien !
Et contre cet amour Dieu même ne peut rien !

Oui, bientôt, soulevant les draps blancs de sa couche,
L'amour approchera ma lèvre de sa bouche,
Où, ravi, je boirai la divine liqueur
Que l'on savoure au ciel et qui remplit son cœur !

J'ai bien souffert pourtant ! Je frémis quand j'y pense !
Mon amour à la fin reçoit sa récompense.

Après l'avoir souillé du plus cruel affront,
De ses lauriers l'amour me couronne le front !
Mais toi, mon pauvre ami, que je plains ta détresse !

Je sais combien on souffre et combien de tristesse
Peut entrer dans le cœur des amants malheureux !

Ne jette pas sur moi ce regard douloureux
Où je lis le cruel tourment qui te déchire
Et qui change l'amour en un affreux martyre.

Pauvre Marcel ! l'espoir se flétrit dans ton cœur
Où la haine et l'amour, hélas ! chantent en chœur,
Mêlant leurs sons divers comme l'aurore pâle
Mêle ses feux à ceux de la lune d'opale.

J'ignorais que l'on pût souffrir dans son bonheur ;
Je l'apprends aujourd'hui, car ton pesant malheur
A te plaindre me vient forcer et me contraindre.
Mais, mon pauvre Marcel, je ne puis que te plaindre.

MARCEL.

Crois-tu que je puisse accepter
Ces pleurs dont tu me fais l'aumône ?
Je saurai faire respecter
Assez, sans besoin de personne,
Celle à qui j'ai donné mon cœur !

4.

Et gare au malheureux vainqueur
De son altière indifférence !

Je t'enlève mon amitié.
Tu peux retirer ta pitié,
Moi, je garde mon espérance !

Je te hais, et si cette enfant
Daignait devenir ton épouse,
Tu ne serais pas triomphant
Bien longtemps, car sur la pelouse
Ce poignard qui brille en ma main
Fouillerait, terrible, inhumain,
Ivre de rage, ivre de joie,
Ton cœur pour t'arracher l'amour !

Mon poignard en cet heureux jour
Ne fera que changer de proie !

Oui, j'aime le sang, entends-tu ?
Bientôt tu le verras toi-même,
Lorsque tu te seras battu
Avec moi pour celle que j'aime.

Faible poltron ! pauvre chercheur
De gros poissons ! maudit pêcheur

Qui tressaille lorsqu'il m'écoute,
Tu verras ce fer de ton cœur
Verser le sang, fier et vengeur,
Jusqu'à sa plus dernière goutte !

Je suis chasseur, souviens-en-toi !

J'ai le cœur plus dur que la pierre,
Et je te jure sur ma foi
Que ce fer clora ta paupière !

Va donc allumer le flambeau
De l'hymen ; va, maudit corbeau,
T'accoupler avec ma colombe,
Si tu peux !
       Pour te séparer
De celle qui doit m'adorer,
Je t'enfermerai dans la tombe !

Croire qu'en écoutant ces mots
J'allais renoncer à Marie !

Que je prendrais pour moi les maux
Et, pour que monsieur se marie,

J'étoufferais ma passion !

Une douce compassion
Était mon unique salaire !

Non ! non ! messire le pêcheur,
Votre très humble serviteur
Aussi tâchera de lui plaire.

Va ! je saurai comme un saint Pierre
T'ouvrir, près de toi revenu,
Avec cette lame si fière
Les portes du monde inconnu !

GUILLAUME.

La colère t'aveugle et te rend insensé.
Ce n'est pas que je craigne un courage encensé ;
Ce n'est pas que la peur à la mine hypocrite
Revête du pardon le superbe mérite.

Cette main qui ne fit jamais couler le sang,
S'armerait pour venger un discours offensant ;
Ce poignard qui n'a pas encor fait de victimes
Sans honte commettrait des fautes légitimes.

Crois-tu que le propos que tu m'as débité
A fait trembler mon cœur par son acerbité?

Le courage a toujours des paroles moins fières,
Il parle par les yeux qu'il emplit de lumières.

Mais je te plains plutôt. Peut-être qu'à mon tour,
Si l'on me dédaignait pour un nouvel amour,
J'irais chez mon rival, et ma lèvre écumante
Saurait lui reprocher les feux de mon amante.

Malheureux! je te plains, oui, je te plains encor.

L'amant est un avare et l'amour son trésor
C'est pourquoi du regard il veille sa fortune;
Et, si par ses souris un homme l'importune,
Ses yeux, soudain brillants comme les yeux des loups
Dévorent son rival de leurs regards jaloux!

S'il était délaissé pour la nouvelle flamme,
Il croirait qu'à son corps on arrache son âme
Et punirait ce vol par un affreux trépas!
Va! mon pauvre Marcel, va, je ne te hais pas!
Elle t'a captivé de ses regards de flamme.
De même qu'un bateau d'un léger coup de lame

S'enfonce dans les mers, ainsi — mais tout joyeux —
Tu sentis que ton cœur d'un regard de ses yeux
Se noyait dans l'amour, cet Océan immense!

Si tu veux m'écouter, délivre l'espérance
Que tu retiens captive en ton cœur amoureux,
Qu'elle prenne son vol vers le ciel vaporeux!

MARCEL.

Soit. Si je ne puis pas allumer dans son âme
Par ma douce constance une éternelle flamme,
Je ne veux pas non plus que personne, à son tour,
Allume chez l'enfant le flambeau de l'amour!

GUILLAUME.

Après tes premiers mots trempés dans l'héroïsme,
Ton discours effronté ruisselle d'égoïsme.

Si tu veux caresser dans ton cœur éperdu
Ton amour fugitif et ton espoir perdu,
Tu le peux, cher Marcel; et tu peux davantage :
Tâche donc de flétrir l'amour qu'elle partage,
Cours auprès de l'enfant, conte-lui ton tourment,
Peins-lui la passion du malheureux amant.

Dis-lui que de ces lieux Marcel est le plus brave;

Qu'il n'a qu'un seul désir, devenir son esclave;

Qu'il est riche et puissant, qu'elle pourrait marcher

Sur des pièces d'argent étoilant le plancher;

Que l'or et les bijoux sur son front qui ruisselle

De cheveux brilleraient et la rendraient plus belle;

Que tes pleurs ont formé sur le léger gazon

Une source plaintive où dans toute saison

Les plus nombreux troupeaux qui broutent cette terre

Pourront toujours trouver une eau qui désaltère!

Faut-il te prévenir que cette jungfraou

Rira de tes discours et te prendra pour fou?

MARCEL.

Puisque tu joins la raillerie

Aux maux épinglés dans mon cœur,

Il faut à la fin que je rie

En foulant aux pieds ce vainqueur!

Prends ce poignard, défends ton âme.

Jamais combat pour une femme

Ne fut, ne sera plus cruel.

Et Guillaume, écoutant Marcel,

Prend l'arme et se met en défense.

Lui, qui devait venger l'offense,

Le premier baigne de son sang

Le vert gazon, qui, rougissant,

Sous son pied robuste se cache

Comme pour voiler cette tache !

Marcel jette au loin son poignard.

Couvrant Guillaume d'un regard

Qui lui fit baisser les paupières,

Il s'avance.

        Leurs têtes fières

Entremêlent leurs noirs cheveux.

S'enchaînant par leurs bras nerveux,

Ils se roulent tous deux à terre.

Guillaume enfin peut se défaire

Du lien maudit qui l'enchaînait.

Il souffle, il respire, il renaît,

Ouvre largement sa narine,

Et, le genou sur la poitrine

De Marcel, il attend ! Quoi donc ?

Le mot pitié, le mot pardon,

Effleurent son intelligence

Et sur le feu de sa vengeance
Jettent un souffle bienfaiteur.

Mais, n'écoutant que sa fureur,
Guillaume peut à sa victime
Faire aujourd'hui payer son crime.

« Marcel, dit-il, écoute-moi :
Je suis plus robuste que toi.
Tu n'as plus rien dans cette vie;
Ta belle, je te l'ai ravie.
Je pourrais te faire mourir;
Mais j'aime mieux te voir souffrir,
Et que tu me portes envie.

Marcel, je te donne la vie
Que j'ai sous mon genou vainqueur.
Vis, Marcel, pour voir mon bonheur. »

En achevant ces mots, il se lève.
                              La rage
Du malheureux Marcel assoupit le courage.

Immobile, étendu sur l'humide gazon,
Il cherche le moyen de punir ce pardon !

V

LE CRIME.

Le lac bleu de Brienz balançait sur son onde
La barque du pêcheur rêvant à ses amours;
Elle continuait sa course vagabonde
En foulant mollement ce tapis de velours.

Tantôt elle sautait comme une jeune chèvre,
Et s'enfonçait tantôt dans le gouffre entr'ouvert,
Et tantôt se tordait comme en accès de fièvre,
Sous les baisers des flots dont son flanc est couvert.

Le lac se déchirait pour laisser aux abîmes
Entrer en murmurant le filet affamé
Qui cueillait pour son maître un bouquet de victimes
Au jardin par des murs de saphir enfermé!

Que fait Marcel?

        Il suit de sa prunelle rouge
Le bateau du pêcheur Guillaume.

            Rien ne bouge
Dans le yacht.

      Le filet est dans l'eau.

            Le ciel bleu
Commence à se vêtir de sa robe de feu.

Pour tirer le filet du limpide royaume
Des poissons, sur le lac le malheureux Guillaume
Avance un peu le front.

        Une flèche en sifflant
Parcourt l'espace et vient s'abattre sur son flanc!
Il tombe.

     Il était mort.

       L'onde du lac frissonne.

Qui pourrait le venger?

       Qui donc l'a vu?

          Personne!

. . . .

CHANT TROISIÈME

I

L'AURORE.

L'aube cueille l'étoile éclose dans la nuit,
Exilant du ciel bleu l'obscurité qui nuit
Au rayon transparent de sa douce paupière.

Pour l'aube, dont le doigt ruisselant de lumière
Soulève de la nuit les voiles plus que bruns,
Le calice des fleurs exhale des parfums,
L'arbre mêle sa voix au sifflement des merles,

Et sur ses courtisans l'aube jette des perles!

II

LE TIGRE EST DOMPTÉ.

Marcel au milieu de la chambre est debout.

Il n'a pas arraché la jeune fille au rêve.
Voudrait-il accomplir son crime jusqu'au bout?

La molle obscurité pour une heure bien brève
Protège Maria, qui parle en ce moment.

Son âme a prononcé le nom de son amant,
Et Marcel a frémi !
                    Bientôt son œil aux voiles
S'habitue. Il peut voir, aux rayons des étoiles
Qui scintillent, le lit que parfume le corps
Rose, blanc et veineux de la vierge qui dort !

Il s'approche du lit.

               Son cœur bondit, il tremble !

Elle est si belle ainsi, si pure, qu'elle semble
Sourire à quelque dieu, tant son air est exquis.

Raphaël en eût fait un céleste croquis.

Le chasseur la dévore avec des yeux avides ;
La vive émotion dans ses membres livides
Fait courir un frisson qui lui glace le corps.

Elle est à sa merci ! Marcel a des remords.
Il la regarde encor ! Il contemple ses charmes.

Ses yeux subitement se remplissent de larmes.

Une enfant endormie a soudain rendu doux
Ce tigre !

           Au pied du lit Marcel tombe à genoux.

III

LA MÈRE FRITZ.

Voici la mère Fritz, éveillée aux rayons
Dont l'aube matinale emplit les horizons,
Qui porte ses pas vers la chambre où dort sa fille.

Elle vient chaque jour, lorsque l'aurore brille,
L'arracher au sommeil pour qu'elle emmène aux champs
Son troupeau qui reçoit les soins les plus touchants.

Entre ses mains Marcel à genoux tient sa tête,
Comme pour empêcher d'éclater la tempête

Qui gronde en son esprit et voile sa raison.

Marcel n'a pas souillé l'honneur de la maison.
C'est l'amour qui retient cette bête farouche.
L'assassin du pêcheur pleure aux pieds de la couche
De Maria.

      Marie, oh! pauvre, pauvre enfant!
Réveille-toi! Le jour splendide et triomphant
S'avance dans les cieux qu'il baigne de lumière,
Et jette un doux regard sur ton humble chaumière.

Maria! par pitié, lève-toi pour chasser
Cet homme. Maria, que pourrait-on penser?

La porte s'est ouverte, et sa mère est entrée!!

En voyant le chasseur, son âme est pénétrée
D'horreur.
      « Marcel ici! Marcel chez moi! Marcel
Chez ma fille! à cette heure! ô Seigneur immortel,
Que vois-je? est-ce bien vrai? Mais non, mon Dieu! je rêve!
Un homme chez ma fille! »

      En riant il se lève;
Une affreuse pensée a traversé son front :

« Madame, je suis prêt à réparer l'affront, »
Dit-il en pâlissant.

   « Non, non, c'est un mensonge.
Puisque j'allais calmer le tourment qui vous ronge,
Que je vous la donnais comme épouse, pourquoi
Déshonorer mon nom et vous rire de moi ?
Marcel, vil séducteur, vous êtes un infâme !
Souiller l'enfant que l'on vous destinait pour femme !
Est-il un crime égal à ce crime odieux !
Mais je le vengerai, j'en atteste les cieux.
Arrière, séducteur ! arrière, homme servile !
Arrière, race impure ! arrière, race vile,
Arrière ! car vous tous êtes des criminels.
C'est pour vous que Dieu fit les tourments éternels !
C'est pour vous, séducteurs, pour vos corps et vos âmes,
Que le Seigneur a fait et l'enfer et ses flammes.

— Madame, calmez-vous. Je comprends ce courroux,
Mais, je le dis encor, je serai son époux.
Fixez le jour. Demain ou bien aujourd'hui même.
Unissez-moi de suite à Maria que j'aime.
Je crois que vous doutez encor de mon discours.

Je jure par celui qui nous verse les jours,

Par le maître éternel qui gouverne nos âmes,
Qui bénit l'innocent et punit les infâmes,
Par ma mère, qui dort dans la nuit des tombeaux,
D'épouser Maria !
              Que le ciel en lambeaux,
Sur ma tête s'écroule et de son poids m'écrase,
Si — puisque j'ai souillé cet amour qui m'embrase —
Je manquais au serment prononcé dans ce lieu
Au nom de mon amour, de Jésus et de Dieu !
Et pour que ma promesse ait plus de force encore,
Je jure, mère Fritz, sur celle que j'adore ! »

Les yeux de Maria s'étaient ouverts au jour ;
Ils se posaient sur l'un et l'autre tour à tour,
Tâchant de déchiffrer sur ces pâles visages,
Qui donnaient à son cœur de bien tristes présages,
Quelle raison avait amené dans ces lieux
Sa mère bien-aimée et cet homme odieux !

En écoutant Marcel, elle frémit de rage,
Et, retrouvant soudain la force et le courage,
Les yeux de son esprit ayant lu dans ce cœur,
La malheureuse enfant entr'ouvrit en fureur

Sa lèvre — fleur éclose au milieu de l’orage !

MARIA.

Infâme ! qu’as-tu dit ? Marcel, oseras-tu
Soutenir que tu pris mon honneur, ma vertu ?

MARCEL.

Ce que j’ai déjà dit, je le soutiens encore...

LA MÈRE FRITZ.

Jusqu’à quel point, Seigneur, ma fille déshonore
Le nom que lui légua plus pur que ton ciel bleu
Son père !

MARIA.

Ma raison s’obscurcit ! Mon Dieu,
Quoi, pendant mon sommeil ! Non, non, c’est un mensonge !
Ma mère, êtes-vous là ? Quoi, je rêve ! Est-ce un songe ?
Je comprends, je comprends ce dessein criminel
Que ne peut inventer nul autre que Marcel !
Tu comptes me forcer à devenir ta femme,
En me faisant passer devant tous pour infâme.

Tu te trompes encor. Tu m'aimes, je te hais ;
Ma haine est à présent plus grande que jamais !
— Et le village entier était devant leur porte,
Et ces mots s'échappaient de la vile cohorte : —

« Ah ! c'est la Jungfraou ! la vierge ! Cette nuit
Maria Fritz reçut le chasseur dans son lit !
Cette fleur de vertu connaît déjà le vice.
Nous aussi, nous pouvons lui rendre ce service. »

Et les éclats de rire étouffaient les clameurs.

Sa mère, en écoutant ces immondes rumeurs,
Avait baissé le front et s'était endormie
Pour jamais, sur un siège, aux cris de l'infamie.

Tel le son des tambours brise en mille morceaux
Des plus proches maisons les vitres, les carreaux ;
Ainsi toutes ces voix sortant de cette foule,
Bien plus fortes encor que les voix de la houle,
Par leur cruel affront et le destin fatal,
Avaient soudain brisé cette âme de cristal !

Que veut l'enfant ? S'enfuir. Elle sort dans la rue,
Et reçoit les affronts de la foule accourue.

« La voici, la voici, la fille sans pudeur,

Qui savait se couvrir des voiles de candeur !

Qui pour tous les bergers était inexorable.

Voici Maria Fritz, voici la misérable !

Voici Maria Fritz : l'ange était un démon. »

— Et son corps virginal se couvre de limon. —

IV

LA CHAUMIÈRE ABANDONNÉE.

Le passé sombre a pris huit jours à l'avenir !

On a donné la mère à la tombe affamée.
Sa demeure, berceau d'un hideux souvenir,
Elle reste fermée !

Nul n'ose s'approcher de ce pauvre réduit ;
La jeune fille tremble en voyant la chaumière,
Où l'on dit voir briller, pendant la sombre nuit,
Une pâle lumière !

Où l'on entend des cris entrecoupés de mots,
Où l'on entend un cœur opprimé qui soupire,
L'on entend des baisers, l'on entend des sanglots
Et des éclats de rire !

Et la vierge outragée a dirigé ses pas
Vers la montagne où dort une glace éternelle,
Où séjournent le calme, et le froid du trépas
Qui se répand sur elle.

Dans ce lac immobile elle étendit son corps,
Dieu brisa les liens de son âme limpide
Qu'emporta vers les cieux éblouissants la mort
Sur son aile rapide !

V

LE JUSTICIER.

Qu'est devenu Marcel? En quittant la chaumière,
Il comprit que l'enfant, sourde à toute prière,
Ne serait pas à lui.
Et ces mots douloureux s'échappent de son âme.
Il marche vers le bois, il est triste, l'infâme
Veut mourir aujourd'hui :

« Que maudite soit l'heure où je reçus le jour,
Et maudite ma mère et maudit son amour!
Que maudit soit le monde, et la terre, et la femme!
Que maudit soit Marcel et maudite son âme!

Que maudits soient les pleurs dont mes yeux sont mouillés,
Et maudite l'enfant que je n'ai pu souiller !
Et toi-même, Seigneur, sois maudit ! Et toi, flamme
Que mon sein a conçu pour cette horrible femme !
Je croyais ici-bas rencontrer le bonheur,
Et j'ai cherché l'amour dans un être sans cœur ! »

Il arrête ses pas dans le bois solitaire,
Aux lieux où Maria donnait ses rendez-vous.
Là se trouve le saule ; il gémit en colère,
Et, cédant par instants à son noble courroux,
Il dresse ses rameaux vers la voûte des cieux,
Ou, les laissant tomber, reste silencieux.

Une troupe d'oiseaux s'est bien vite envolée,
Lorsque Marcel entra dans ce bois fleurissant ;
Repoussant vers le bord son onde déroulée,
Le lac jette à ses pieds des flots baignés de sang.
Son visage est plus blanc et plus froid que le marbre.

Une corde qu'il tient cherche partout un arbre ;
Le vieux saule pleureur vient s'offrir. Le chasseur
Passe à travers le tronc le plus fort en grosseur

La corde dont le nœud dans les airs se balance.

Il s'approche, et bientôt dans le vide s'élance.

. . . .

. . . .

VI

PAYSAGE.

Sur la terre planait le sombre crépuscule,
Et le pâle croissant plongeait dans le lac pur,
Ou bien disparaissait sous les voiles de tulle
Qui flottaient à travers les ondes de l'azur.

Les arbres éloignés semblaient aussi des nues
Et perdaient leurs sommets aux voûtes inconnues !

Le lac tranquillement dormait entre ses bords,
Mariant son murmure aux célestes accords
Du zéphyre léger qui caressait la terre.

Les flots, d'un bleu foncé, léchaient avec amour
Le pied de la cité couverte de mystère,
Où l'on ne distinguait que la funèbre tour

D'où s'envole une voix pour annoncer la mort.
Ce clocher se dressait comme un sombre fantôme,
Et son ombre immobile et triste effrayait l'homme
Qui s'en allait goûter la fraîcheur près du bord.

On distinguait aussi quelques rares maisons
Qui jetaient des lueurs à travers leur fenêtre,
Et du cœur des croyants montaient les oraisons
Vers le Dieu puissant qui les fait mourir et naître.

Un limpide ruisseau serpentait en chantant ;
La lune l'éclairait d'un rayon éclatant,
Et les voiles couvraient le reste de la ville.

VI

RÉPARATION

Le nuage effrayant, — comme un cristal fragile
Se brise, — brille, gronde et tombe lourdement
En déchirant l'éther, qui gémit sourdement.

A travers cette brèche ouverte par la foudre,
Un ange bienfaisant se montre à tous les yeux ;
Un de ces chérubins qui peuvent nous absoudre,
Assoupir nos douleurs et nous ouvrir les cieux.

Son corps était caché par une robe verte,
Emblème de l'espoir aimé de tout mortel ;
On voyait à travers sa tunique entr'ouverte
Des contours différents de notre corps charnel ;
Une chair rose et blanche, où serpentaient des veines
D'un bleu clair, répandait un parfum de verveines.

Dans un étonnement mélangé de terreur,
Le village surpris reconnut le pêcheur.

Ils le virent saisir le corps de sa compagne
Et prendre son essor vers la voûte des cieux.

Ensuite on entendit ce chant mélodieux
S'égrener lentement sur la verte campagne :

Près de celui qui la réclame
Qu'elle passe l'éternité,
Et qu'elle parfume cette âme
Des fleurs de sa virginité !

1879-1880.

GRAINS DE SABLE

A MON FRÈRE AINÉ

VICTOR-EMMANUEL RENDON

ATTACHÉ A LA LÉGATION DU GUATEMALA

EN ANGLETERRE

TÉMOIGNAGE D'UNE AMITIÉ INALTÉRABLE

A MON PÈRE

Mon père, je connais un homme au large front
Qui reflète toujours quelque penser profond ;
On le voit bien souvent passer dans sa voiture,
Soit qu'il s'en aille au Bois admirer la nature,
Soit que pour ses enfants il coure au Bon-Marché,
Son esprit à son cœur jamais n'a reproché
Le désir de commettre une légère faute.
Cet homme, qui pourrait marcher la tête haute,
S'étonne s'il reçoit des honneurs mérités,
Et paraît ignorer ses rares qualités.

Pour lui, faire le bien est un ordre suprême,
Que tout mortel doit suivre et suivi par lui-même ;

De toutes les vertus dont son cœur est doté,

Cet homme a cultivé le plus la charité ;

Pour cet homme si bon, soulager la misère

Est le plus grand bonheur que l'on ait sur la terre ;

Il arrête toujours, s'il voit un indigent,

Sa voiture, et lui donne une pièce d'argent ;

S'il en trouve cinquante, il en donne à cinquante,

Et plus il a donné, plus son âme est contente !

Père, j'ai souvent vu ses yeux baignés de pleurs

Lorsqu'on lui racontait quelques tristes malheurs

De ces déshérités que Dieu semble maudire ;

Et cet homme voudrait — je l'entends souvent dire —

(O grand cœur près duquel les autres ne sont rien !)

Être plus riche encor, pour faire plus de bien !

N'est-ce pas que cet homme est un être superbe,

Lui qui dans sa moisson prend toujours une gerbe

Qu'il laisse dans les champs pour le pauvre glaneur,

Et qu'il est le plus grand parmi les gens de cœur ?

Aussi le Dieu du çiel a comme récompense

A cet homme donné des fils pleins d'espérance,

Dont le seul désir est de faire son bonheur

Et qui suivent déjà le sentier de l'honneur.

Voilà ce que je sais sur cet excellent homme.
Pardon, père, je sais aussi comme on le nomme;
Même je vous dirais que c'est vous, pour finir,
Si je ne craignais pas de vous faire rougir.

1881.

A MADAME X. Y. Z.

I

PRESQUE UN SONNET

La poésie est sœur de la tendre musique.

Vous l'avez dit, Madame, avec un air si doux

Que mon âme aussitôt, par un lien sympathique,

En vous reconnaissant pour sœur, s'unit à vous.

Mes yeux, attirés par un fluide électrique,

A vos yeux s'attachaient amoureux et jaloux,

Et lorsque le cadran de sa voix métallique

Annonça l'ennuyeux départ, bien malgré nous,

Captivé par vos yeux où loge la douceur,

Alors je vous suivis comme on suit une sœur.

Cela peut vous avoir importuné, Madame :

Excusez, je le fis n'écoutant que mon cœur ;

Mais je suis — en rentrant chez moi triste et rêveur,—

Étonné qu'une sœur m'ait pris ainsi mon âme.

Le... 1880 (minuit).

II

BOUTADE

Tout pour vous plaire est ma devise.
Quoique l'exil, Madame, brise
        Mon pauvre cœur,
Comme je sais qu'on le désire,
J'irai cacher mon dur martyre
        Et mon malheur !

Je vous aimai, ce fut mon crime.
Puisque je suis, moi seul, victime
        Et condamné,
Je m'en vais loin de vous, Madame ;
Mais il vous laisse ici son âme,
        L'infortuné !

Prenez bien soin, Madame, d'elle.

Vous lui mettrez de la flanelle

Pendant l'hiver ;

Pendant l'été, méchante amie,

Emmenez-la, je vous en prie,

Aux bains de mer.

Septembre 1880.

III

PETIT ADIEU

Madame, vous partez ! Le mal qui vous torture
Vers des pays dorés va diriger vos pas,
Et vous oubliez tout pour la belle nature ;
Mais lui, le pauvre enfant, ne vous oublîra pas.

Il vous verra toujours, Madame, dans ses rêves ;
Il verra ce souris mélancolique et doux
Sur vos lèvres flotter, comme aux heures trop brèves
Que le Ciel lui permit de passer près de vous.

Madame, vous partez ! Dans cet instant suprême
Où tous deux nous faisons la volonté de Dieu,
J'ose vous avouer qu'un pauvre enfant vous aime.
Madame, vous partez ! Soyez heureuse, adieu !

1880.

VICTIME DE L'AMOUR

FRAGMENT

Hommage respectueux à Mlle Delphine de Hault de Lassus.

« Pour lui j'ai divorcé, j'ai quitté pour le suivre
Le meilleur des époux, et je voulais ne vivre
Que pour lui ! je voulais n'aimer que lui ! toujours !
Et dans ses bras chéris laisser couler mes jours !
Et je n'ai reculé devant rien, honte, crime !
J'ai vu verser des pleurs à mon époux, victime
De ma passion ; j'ai brisé notre lien.
J'ai fait tout cela pour qui ? pour un vaurien !

Je me suis dégradée, et de plus dans la boue
J'ai souillé mon honneur pour l'homme qui se joue

De mon amour ! Pour lui ! j'ai fait cela pour lui !

Eh bien ! soit ! Ce matin mon dernier jour a lui.

Oui, l'épouse adultère et la fille maudite,

Qu'un funeste dessein en ce moment agite

Et qui, trop tard, hélas ! reconnaît son erreur,

Mourra, ne pouvant pas survivre au déshonneur.

Mourir à vingt-cinq ans, quand je commence à vivre !

M'arrêter au milieu des sentiers à poursuivre,

Ayant fait quelques pas ! tomber sur le chemin

Sans que personne vienne et me tende la main !

Ai-je peur de mourir ? Est-ce bien moi qui tremble ?

Pourquoi craindre la tombe où le ciel nous rassemble,

Où finit la souffrance, où la honte s'endort,

D'où nous volons vers Dieu sur l'aile de la mort ?

Pourquoi trembler ? Mes maux ont la mort pour remède,

La mort dans un grand cœur à la honte succède.

Celui qui ne veut pas être montré du doigt,

Ni servir de risée aux hommes sans cœur, doit

Voiler d'un linceul son front ; la femme qui tombe

Doit aux mortels cacher son crime dans la tombe.

Dire que je l'aimais ! oui, lui, mon assassin !

Lui, l'infidèle qui me pousse à ce dessein !

Marcel, l'ingrat Marcel, auquel je sacrifie,
Après Robert, ma mère et mon honneur : la vie !

Il est temps d'en finir. Ce poison est mortel,
Dans nos cœurs il répand le sommeil éternel !
Il est temps, oui, buvons ! De sa voix argentine
Le cadran retentit annonçant ma ruine.
Cinq heures ! Oh ! pourquoi mourir si jeune encor ?
Le temps n'a pas touché ma chevelure d'or.
Je suis comme la fleur aux rayons de l'aurore ;
Mais un ver infernal, sans me laisser éclore,
M'a salie, et je suis méprisable, et ce front
Que n'a pas ridé l'âge est souillé par l'affront !
Et ce front jeune encor, ce front que rien ne plisse,
Sous ton baiser fatal, Mort, il faut qu'il pâlisse.

Perdre ici-bas l'honneur, perdre là-haut le ciel !
Morte pour les humains, morte pour l'Éternel !
Sans espoir de pardon, sans que nul sur la terre
Pour moi dise au Seigneur du ciel une prière !
A l'assassin du moins, après son repentir,
Le Christ ouvre ses bras; en paix il peut mourir ;
Quoiqu'il fût bien coupable, il l'absout, lui pardonne ;
Aux plus grands criminels dans sa douceur il donne

La félicité ! Moi, je mourrai sans espoir !
Sans arriver au but désiré, sans avoir
Laissé derrière moi, sur cette terre, un ange
Dont les pleurs calmeraient le Seigneur qui se venge !

Ces mots à peine dits, elle fond en sanglots.
Tout à coup l'on entend le son clair de grelots,
Le claquement d'un fouet. La route solitaire
Retentit au bruit d'un cheval frappant la terre.
Edwige marche vers la fenêtre ; du doigt
Enlevant le rideau de tulle, elle aperçoit
Robert, son vieil époux, qui descend de voiture.
Elle ne l'avait pas vu depuis leur rupture.
Robert vient ; pourquoi donc ? Voudrait-il l'achever ?
De reproches sanglants voudrait-il l'abreuver ?
Voudrait-il lui jeter à la face son crime ?
Il est pâle ! Est-ce donc la haine qui l'anime ?
Edwige au même instant s'éloigne du balcon ;
Sur sa table à la hâte elle prend un flacon
Et dit :

       « Poison fatal ! ma main encore hésite ;
Mais il me faut mourir. O Robert, ta visite
A la fin me décide ! Arrière, vains effrois !
Il n'est que temps. Marcel ! à ta santé je bois ! »

A la hâte elle court à la porte et la ferme,
Et, portant le flacon noir à sa lèvre, ferme,
Absorbe le liquide infernal, le poison !

Robert avait franchi le seuil de la maison,
Et d'une main tremblante il frappait à la porte.
Pauvre Edwige, ouvre-lui, car sa lèvre t'apporte
Et le mot de pardon et le baiser de paix.

Son regard est couvert de ce brouillard épais
Que sur nos yeux répand la douleur inhumaine
Edwige, ouvre-lui donc, c'est l'amour qui l'amène !

— Edwige ouvre, Robert entre.

                        « Edwige, dit-il,
Comme le vif-argent l'amour est fort subtil ;
Lorsqu'il pénètre dans nos cœurs, c'est pour la vie.
Mon âme vient vers vous qui l'avez asservie.

Je sais tout. Vous avez eu beaucoup à souffrir.
Voulez-vous me permettre, enfant, de vous guérir,
De vous faire oublier cet amoureux indigne
De cette passion, de cet honneur insigne ?
Rendez-moi cette main dont le Ciel me fit don ;
Et, de plus, voulez-vous m'accorder mon pardon ?

Oui, je fus bien coupable en vous prenant pour femme :
J'étais trop vieux pour vous. Maintenant je réclame
Cette main ; votre cœur ne peut être charmé ;
Dites-moi : n'est-il pas à tout amour fermé ?
Edwige, voulez-vous que ce jour nous rassemble ?
Nous pouvons être heureux, si vous voulez, ensemble.
Si pour moi votre cœur ne se peut enflammer,
Qu'importe ? Laissez-moi seulement vous aimer ! »

Edwige entre ses mains avait caché sa tête.
« Est-ce vrai, dites-moi, répondez, que vous êtes
Si généreux, si bon ? » Il lui saisit la main
Et la lui baisa.
        « La vengeance est d'un humain,
Le pardon est d'un dieu. Robert, je suis infâme.
Maudissez-moi, Robert... Robert, c'est une femme
Méprisable, odieuse, Edwige. Hélas ! combien
Je vous ai méconnu, Robert, homme de bien,
Homme au cœur généreux, homme exempt de vengeance !
Je ne mérite pas, oh ! non, cette indulgence !

— Je t'aime ! dit Robert.
        — Mais vous ne savez pas,
Robert, je suis tombée, hélas ! si bas, si bas !

Je me suis donnée. »

            A ces mots deux grosses larmes
Coulèrent de son cœur fixé dans ses alarmes,
Puis il lui dit : « Je t'aime !

            — J'aurais pu donc encor
Être à   Robert...

            J'aurais pu, j'aurais.... »

                Or,
Tout à coup sur son front une pâleur mortelle
Se répand, et son teint, plus blanc que la dentelle
Qui tournait tout autour de sa gorge, semblait
Aux pétales du lis par sa blancheur de lait.
On avait, dans le ciel, la lune pour hôtesse,
Et la nuit tombait, heure où règne la tristesse. —

« Qu'avez-vous ? » dit Robert en voyant défaillir
Edwige, et lui-même il se mit à tressaillir.
« Ce que j'ai... ce que j'ai, Robert, s'écria-t-elle,
O Robert, je me meurs !... »

            Sa souffrance fut telle
Qu'elle s'évanouit ! En se levant, Robert
Avait vu sur la table un flacon noir ouvert,
Et, fut-ce par hasard ou bien fut-ce par crainte,
Tout en restant auprès d'Edwige, cette sainte

Martyre de l'amour, en tremblant il le prit ;
Il lut l'inscription, il pâlit, et comprit !

« Malheureuse ! dit-il. Mon Dieu, que puis-je faire
Pour l'arracher à la mort qui l'attend ? Éclaire
Mon esprit, ô Seigneur ! »
                              Il partait.
                                          D'un regard
Edwige l'arrêta. « Reste, ami, c'est trop tard
Pour aller me chercher un baume salutaire !
Reste, ami, car bientôt je vais quitter la terre.
Je suis forte, vois-tu ; je bénis le trépas,
Trop heureuse, Robert, d'expirer dans tes bras !
Le Seigneur est trop bon pour une misérable.
A la honte la mort est toujours préférable.
Si je pleure en mourant, c'est que je laisse ici
Un homme qui fut trop bon envers moi. Merci
Pour avoir consolé dans son heure dernière
La pauvre Edwige ! Tu fermeras ma paupière,
Robert, je t'aime ! »
                      Et lui, hagard, à moitié fou,
Des bras qui l'entouraient il dégagea son cou
Et dit : « Je le tûrai !
                        —Non, répondit Edwige.

Pourquoi donc me venger ? Robert, cela m'afflige.

— Vous l'aimez donc toujours ?

                — Moi, Robert ! je le hais,
Je le hais, je le hais autant que je l'aimais !
Si je veux aujourd'hui lui conserver la vie,
Si je laisse, Robert, ma haine inassouvie,
C'est qu'une pauvre enfant, son épouse, en ses bras
Vit joyeuse avec lui qu'elle ne connaît pas !
Et pourquoi ferions-nous une autre malheureuse ?

ROBERT

Ange, même en mourant, vous êtes généreuse.
Femme, Dieu te pardonne, oui, le Ciel vous absout.
Le ciel vous est ouvert, car vous avez beaucoup
Aimé, car vous avez souffert, car votre crime
Vient d'être effacé par ce sentiment sublime !

EDWIGE

Tu reçus, ô Robert, mon tout premier baiser ;
Mon dernier, je le veux sur ta lèvre poser ! »

Mais Robert n'effleura qu'une bouche sans vie.
Son corps reposait là, son âme était partie.

Sur la pierre qui cache aux trépassés le jour
Robert a fait graver : « Victime de l'amour ».

PETIT RIEN MÉLANCOLIQUE

Vous, oiseaux passagers, pourquoi partir sitôt ?
Jours présents, vers quel ciel vous emportent vos ailes ?
Et vous, ô jours passés, reviendrez-vous bientôt ;
Dites, reviendrez-vous comme les hirondelles ?

Je ne vous verrai plus, oh ! non, jamais, jamais !
Vous partez pour toujours. De ce lointain rivage,
Jours, vous ne devez point revenir désormais.
Salut, ô jours passés ! Jours présents, bon voyage !

1880.

LE RENDEZ-VOUS

Viens, veux-tu? viens, fuyons ; l'univers est à nous.
Partons ! Je veux passer ma vie à tes genoux.
Je t'aime, ô mon amour, tu l'entends, oui, je t'aime,
Et si je t'ai montré de la froideur, et même
Beaucoup d'indifférence, ah ! c'est que mon amour
Me déchirait le cœur comme un cruel vautour.
Je voulais t'oublier, vois-tu ? le précipice,
Enfant, est à tes pieds ; t'éloigner le calice
Était mon seul désir. J'en souffrais nuit et jour,
O vierge, et je faisais tout cela par amour.

Mais, puisque tu m'écris : « Je t'adore et je souffre, »
Ange, viens te jeter avec moi dans le gouffre.
Oui, viens, partons, fuyons loin des hommes pervers.
Nous pourrons bien trouver dans l'immense univers

Un foyer pour cacher notre flamme, un asile
Où n'entrera jamais le bruit sourd de la ville,
Où l'écho chantera dans les bois embrasés
Mes vers harmonieux rythmés par tes baisers.

Ou bien nous resterons à Paris ! Une chambre
Où nous ferons briller par le froid de décembre
Un feu vif moins brûlant que celui de mon cœur,
Doit aux yeux importuns cacher notre bonheur.

Le veux-tu ? Réponds-moi. Le veux-tu ? Que je t'aime !
J'embrasse nuit et jour ton portrait. C'est toi-même,
Oui, c'est toi ! c'est ton œil ! c'est ta bouche, c'est toi !
Je te baise le front, je te porte sur moi.
Mais, si dans ce moment j'éprouve tant de joie
En embrassant ce front que tu dis être en proie
Au noir chagrin, enfant, que sera-ce plus tard,
Quand je pourrai plonger dans tes yeux mon regard !

Tu vois comme je t'aime, et tu pleurais, méchante !
Ne savais-tu donc pas que ton souris m'enchante,
Que mon cœur t'appartient et que je suis à toi,
Que je ne puis avoir aucun pouvoir sur moi ?
Pourtant, écoute bien ce que je te veux dire :
Si ton père le sait, tu te verras maudire ;

Et ta mère mourra de chagrin ! Mais ce jour,
S'il arrivait jamais, alors, ô mon amour,
Nous quitterions la vie. Oh ! viens, viens, la colère
De ton père, la mort, pauvre ange, de ta mère,
Voilà ce qui pourrait arriver, tu l'entends !
Qu'importe, n'est-ce pas ? Tu m'aimes ; je t'attends !

1881.

LES ÉTOILES

Est-ce le fer brûlant des coursiers de la Nuit,
En frappant sur l'azur des voûtes éternelles,
Qui fait, quand le soleil vers l'occident s'enfuit,
Jaillir des étincelles ?

O vous, divines fleurs du céleste jardin,
O vous, que la fraîcheur de l'ombre fait éclore,
Qui parfumez le soir et que chaque matin
Cueille la blanche aurore,

Étoiles, qui brillez au sein du firmament,
Resplendissants flambeaux des plaines azurées,
Éclairez, éclairez d'un malheureux amant
Les trop longues soirées !

Le bois était désert, le silence profond,
Et troublé seulement des baisers de ma lèvre.
Près de mon cœur tremblant elle appuya son fron
Brûlant comme la fièvre.

Souviens-toi, souviens-toi que nous avons juré
Un éternel amour par une nuit sans voiles.
Nous prîmes pour témoins de ce pacte adoré
Les brillantes étoiles.

Souviens-toi, mon amour, dans un élan du cœur
Te serrant contre moi, tu dis le mot suprême.
Souviens-toi que du bois tous les échos en chœur
Répétèrent : « Je t'aime ! »

Souviens-toi, souviens-toi que, ne pouvant trouver
Une réponse digne à ce mot qui nous charme,
Sur ta tremblante main mon cœur laissa tomber
Une furtive larme.

Je reviendrai souvent dans le bois solitaire,
Comme en ces jours bénis, me promener encor,
Pour y verser des pleurs sous le regard austère
De l'astre au disque d'or.

Dans ce bois j'ai semé mon tendre amour, ô femme ;
Aussi je reviendrai souvent, dans l'avenir,
Aux lieux où le bonheur s'envola de mon âme
    Cueillir le souvenir.

Étoiles, quand la mort éteindra ma paupière,
Et que mon âme au ciel fuira comme un oiseau,
Répandez tous les soirs un rayon de lumière
    Sur mon triste tombeau.

1881.

LE TERRE-NEUVE

RÉCIT

A M. JULES TEN BRINK

Vous avez ri, Messieurs, en me voyant pleurer
Lorsque ce terre-neuve est venu m'effleurer
De sa langue. Ce chien me remet en mémoire
Un triste événement, une cruelle histoire ;
Faut-il vous la conter ? La voici donc en peu
De mots.

Dans les déserts situés au milieu
De l'Afrique, — où l'on trouve une bête féroce
A chaque pas, — brûlés par un soleil atroce,

Trois voyageurs : Anglais, Français, Autrichien,
Chevauchaient, tous les trois accompagnés d'un chien.

Le Français, c'était moi.
                              J'avais un terre-neuve
Qui plusieurs fois déjà m'avait donné la preuve
De son affection et de son dévouement.
— C'est le héros du drame au triste dénouement. —

Comme il m'avait sauvé plus d'une fois la vie,
— En Sibérie, au Cap, enfin à Cracovie, —
Je l'avais baptisé du nom de Salvator,
— Et je ne l'aurais pas donné pour un trésor !

J'aimais mon Salvator comme l'on aime un frère.

Il avait le poil noir, et sa prunelle claire
Cherchait toujours mes yeux pour poser son regard !

Mon pauvre chien ! j'étais touché par cet égard,
Par l'affection dont il me donnait la marque ;
Et moi-même souvent, pour que mon chien remarque
Que de son amitié mon cœur était joyeux,
J'embrassais son front noir couvert de poils soyeux !

Combien d'hommes voudraient avoir l'intelligence
Que mon chien déployait en toute circonstance !

Il me suivait partout et portait sur son dos
Mes quatre petits-fils ; fier de ces chers fardeaux,
Il relevait la tête et donnait à sa marche
L'air d'un prince faisant une haute démarche.

Et puis il était bon !
                 Chaque fois qu'il voyait
Un pauvre, un malheureux vieillard qui m'envoyait,
Comme pour me toucher, un regard de détresse,
Il me tirait l'habit avec délicatesse,
Et, m'entraînant devant le triste mendiant,
Il semblait tout heureux de son expédient.

Non content de cela, voulant voir si je donne
A son vieux protégé quelque petite aumône,
Salvator se dressait sur ses pieds ; mais aussi
Souvent c'était au chien que l'on disait merci.

Mon Salvator vivait et couchait dans ma chambre.

Près du foyer, brûlant par les froids de décembre,
Tandis que mes enfants travaillaient à l'écart,

Et que leur bonne mère, en suivant du regard

Leurs moindres mouvements, et tirant par série

Quelques points, achevait une tapisserie,

Et que je parcourais un journal du matin,

Assis à mes côtés, il me léchait la main.

Je l'aimais tant! Ma femme était un peu jalouse
Du chien.

       Il se roulait dans la verte pelouse

Avec mes deux petits, qui riaient aux éclats.

Mais c'était autrefois! Ce temps est loin, hélas!

Je reviens donc au fait.

           Dans une de ces plaines,

De ces grands déserts dont ces régions sont pleines,

Nous chevauchions. Le ciel nous versait la chaleur,

Sur les lèvres la soif, sur le front la pâleur;

Nos yeux à l'horizon demandaient un asile

Pour goûter le repos sans ce soleil hostile;

Les fraîches oasis étaient encor bien loin.

Et dans ces lieux, ayant le désert pour témoin,

Le Touareg, monté sur son chameau docile,

Se dressant tout à coup, par un crime facile,

Aurait bien pu sur nous faire un riche butin.

Mais Dieu nous réservait un plus affreux destin !

Je montais un pur sang, animal très farouche ;
Jetant sur le chemin l'écume de sa bouche,
Il secouait la tête et ses frémissements
Étaient toujours suivis de longs hennissements.
Son mors était couvert d'une mousse blanchâtre.

Et je laissais aller la bête opiniâtre.

Tout à coup mon cheval s'écarte du chemin.
En vain je m'efforçais, d'une tremblante main,
De le ramener vers la route, car moi-même
Je me sens attiré par un aimant suprême.
Je ne puis pas crier, et, tremblants, pleins d'effroi,
Nous restons tous les deux moitié morts. Le sang-froid
Me quittait : j'attendais !
             Mais bientôt le mystère
Se dévoile pour moi ; là, gisant contre terre,
Un immense boa de son souffle empesté
M'attirait en sautant avec agilité.
J'étais perdu !
           Pendant cette triste seconde
Que la mort donne à ceux qu'elle ravit au monde,

J'entendais rire au loin l'Anglais, l'Autrichien,
Tandis que j'étais là seul; non, avec mon chien!

Salvator m'envoyait un regard de détresse
Qui jetait dans mon cœur une vaine tristesse;
Et l'horrible animal, se balançant dans l'air,
Faisant des mouvements subits comme l'éclair,
M'attirait!

   Les cheveux se dressaient sur ma tête.

J'étais certainement perdu!

     Déjà la bête,
Qui fixait sur sa proie un œil étincelant,
Ouvre stupidement sa mâchoire en sifflant!
— O cruel souvenir! —

      Mais, voyant l'artifice
De l'animal, mon chien soudain fait sacrifice
De sa vie, et, tournant vers moi ses tristes yeux
Dont le regard semblait me faire ses adieux,
De lui-même il se jette en la gueule entr'ouverte
Du reptile tout prêt à me dévorer!

        Certe
C'est sublime! Mon chien m'avait sauvé,
Ce triste souvenir sera toujours gravé

Dans le fond de mon cœur.

J'ai fini mon histoire.
Êtes-vous étonné, bienveillant auditoire,
Si, quand ce terre-neuve est venu m'effleurer,
Je n'ai pas pu, Messieurs, m'empêcher de pleurer?

1879.

LA PRIÈRE D'UN PETIT PRINCE

A MON PETIT FRÈRE BABY

Le ciel est noir, la terre est sombre,
Partout on ne voit que de l'ombre,
Car c'est l'hiver.
Oh! quand reviendra l'hirondelle,
Quand reviendra la saison belle,
Où l'on voit clair !

Tout est triste, tout est morose !
Pas un parfum, pas une rose !
Pas de soleil !
Au printemps la terre est fleurie,
On peut courir dans la prairie
Dès son réveil !

Maintenant il fait froid, on gèle ;
Le vent violent me flagelle,
Je veux l'été !
Petit mon Dieu, grand petit père,
Tu m'écouteras, oui, j'espère
En ta bonté !

Oui, tu vas me donner encore,
Le matin, une belle aurore ;
Et chaque soir,
J'irai, dans ton beau ciel sans voile ,
Regarder briller les étoiles
Sur un fond noir !

Je veux regarder la fauvette,
Pendant que je fais ma toilette,
Chaque matin,
Voler, sauter de branche en branche.
Je jetterai de ma main blanche,
Dans le jardin,

Des miettes pour ses petits hôtes
Qui volent vers les branches hautes
A mon aspect !

Je leur en adresse ma plainte;
Je ne sais pas si c'est par crainte
      Ou par respect.

Bientôt une chaleur très-douce
Fera naître gazon et mousse,
      Dis, n'est-ce pas ?
J'irai faire ma promenade
Avec mon petit camarade,
      Ou mon papa.

Tu sais, petit Dieu, que je t'aime.
Fais, si tu me chéris de même,
      Ce que je veux !
Fais-le, puisque rien ne te coûte;
Allons, grand petit père, écoute
      Vite mes vœux !

Vois-tu, l'hiver est un désastre.
Dis, est-ce vrai que ce bel astre
      Est un grand roi ?
S'il est ainsi, qu'il se souvienne
Que mon père fut roi, qu'il vienne!
      Alors vers moi !

Sache qu'hier je fus très sage,
Et va porter ce court message
Au bon soleil.
Sois gentil, tire-lui l'oreille
Pour que ce vilain se réveille
De son sommeil!

Méchant, tu ne sais que te taire.
Mais je comprends. Sur cette terre,
Comme de moi,
Personne n'en veut, on l'exile,
Et l'on dit qu'il est inutile,
Puisqu'il est roi!

1880.

TIGRESSE ET TIGRESSE

RÉCIT

Devant nous se dressait la côte. A l'arrivage
Du vaisseau dans le port, les nègres du rivage,
Pour nous bien accueillir, poussaient des cris aigus.
Nous descendons. Je vois des arbres contigus,
Formant dans le lointain une profonde allée,
Où la clarté du jour est constamment voilée.
Sous les grands marronniers, de feuillage couverts,
Une vieille, les yeux énormément ouverts,
Jetait l'insulte au front de ceux qui l'approchaient.
Son aspect et son ris cruel nous reprochaient
Notre gaîté bruyante et notre sans-souci.
Elle respirait l'air par le soir adouci.

Curieux de savoir quelle est cette sorcière,
J'accoste un vieux berger, j'entre dans sa chaumière.

« Cette femme, dit-il, avait deux fils jumeaux ;
Le dimanche, ils dansaient au son des chalumeaux
Dans l'allée où s'assoit leur malheureuse mère.
Elle ne trouvait pas alors la vie amère,
Oh ! non ! car ses regards enivrés, triomphants,
En les voyant danser, dévoraient ses enfants.
Un jour que tous les deux étaient sortis ensemble,
Comme ils ne rentraient pas, elle croit, il lui semble
Qu'à ses fils un malheur est arrivé. Quittant
De suite sa maison, elle court, — s'acquittant
Des devoirs maternels avec un soin extrême, —
Elle court, elle arrive en un élan suprême
Sur un mont élevé dont le front touche aux cieux.
La malheureuse mère, une main sur les yeux,
Exhale les soupirs dont son âme était pleine,
Et jette des regards avides sur la plaine.

« O bonheur ! ses enfants, elle les voit venir
Au loin. Elle sera sans crainte à l'avenir.
Ils marchent en riant, s'arrêtent et s'embrassent.
Ils portent des rameaux verts qui les embarrassent.

Ils sont allés cueillir des dattes, et bientôt,
Comme ils ont vu leur mère, ils vont gravir là-haut
La montagne, et, tendant leur tête encor mouillée,
Essuyer d'un baiser leur bouche miellée.

« O douleur ! O destin ! Dans l'air a retenti
Un long rugissement. La mère a ressenti
Au cœur une secousse, et sa vive allégresse
Se dissipe en voyant au loin une tigresse.
Sur les jeunes enfants, pour apaiser sa faim,
Cet animal se jette et les dévore. Enfin,
Pour comble de malheur, la mère, à ce spectacle
Assiste, sans pouvoir — tout lui faisant obstacle —
Porter quelque secours à ses pauvres enfants.
Pas de plaintes, de pleurs, de sanglots étouffants !
Sans détourner les yeux, elle suivait ce drame,
Et, cachant son tourment dans le fond de son âme,
Tranquille elle rentra le soir à la maison,
Et cela ne lui fit pas perdre la raison.

« Cette femme pourtant, que le chagrin corrode,
Sortait le soir à l'heure où le grand tigre rôde.
Elle tenait sans cesse un poignard à la main,
Et parcourait toujours le lugubre chemin

Où la mort, se servant d'une bête farouche,

Sépara sans retour leurs lèvres de sa bouche.

Je la suis une fois par curiosité,

Et je fus le témoin de sa férocité.

« Elle erra sur le mont longtemps. En éclatant

De rire, elle disait ces mots à chaque instant :

« A tous le Ciel donna la soif de la vengeance,

« Et l'amour maternel à la plus vile engeance. »

(Vous comprendrez ces mots dans la suite.) « Elle va

Vers un bois; les rameaux que sa main souleva

Pour pénétrer dedans, comme un mauvais présage,

Se dressant devant moi, me barrent le passage.

J'écarte le feuillage — on était au printemps —

Et j'entre dans le bois. J'avais perdu du temps,

Et voilà maintenant qu'elle était disparue!

Une ombre, tout à coup, comme en rêve apparue,

Au loin surgit de terre et s'élance en un trou;

Et je cours vers ce lieu, tremblant, à moitié fou,

Et que vois-je, grand Dieu! Dans l'horrible repaire

Où les tigres s'en vont cacher leur nid, par terre,

Une femme, à genoux, massacrait de sa main

Des petits nouveau-nés! Ce travail inhumain

La charmait! Les petits étaient de la tigresse
Qui dévora jadis les fils de la négresse!

« Elle aurait pu tuer de sa main l'animal!
Mais non, elle voulait lui faire plus de mal!
Elle voulait lui faire éprouver sa souffrance!
Et longtemps elle avait, avec persévérance,
Attendu le moment où la tigresse au jour
Met des petits, pour la frapper en son amour.

« C'est affreux, n'est-ce pas, c'est hideux, c'est sauvage !
A peine elle achevait cet horrible carnage,
Que j'entends retentir un long rugissement.
Elle écoute, s'arrête et dit : « C'est le moment,
« Tu peux venir, tigresse, et toi, tigre, leur père;
« C'est l'heure de rentrer dans ce sanglant repaire
« Quel spectacle enivrant tous deux allez m'offrir,
« Et comme je vais rire en vous voyant souffrir!
« Car le Ciel a donné la soif de la vengeance
« Et l'amour maternel à la plus vile engeance ! »

« Puis d'un bond elle sort de là; comme un éclair
Elle franchit l'espace, et, rampant comme un ver

Sur un arbre, regarde accourir la tigresse.

Moi, fou, tremblant, je fis ainsi que la négresse.

O trop cruel spectacle! Oui, Monsieur, l'animal
Hurlait, criait, sautait, pleurait! Il faisait mal
A voir; puis il léchait ses nouveau-nés sans vie,
Moi-même, je pleurais, Monsieur; j'avais envie
De tuer l'assassin de ces petits. Soudain
Je tourne mes yeux, où l'on lisait le dédain,
Vers la femme, et je vois sur sa lèvre un sourire!
Ce sourire, Monsieur, rien ne peut le décrire!
Car elle se pâmait, ivre, la joie au cœur,
En voyant l'animal se tordre de douleur!
Nous rentrâmes ensemble, et, pendant notre route,
Elle ne disait rien : elle souffrait sans doute.
Pour la distraire :

   « Au ciel tes fils sont bien heureux, »
Fis-je.

   « — Mes fils, dit-elle avec un geste affreux,
Ils sont vengés! »

   Ce fut sa dernière parole.

Depuis ce jour, Monsieur, la pauvre vieille est folle. »
1878.

ÉPITHALAME

A MON AMI G. M.

En ce jour rempli d'allégresse,
— Étant votre garçon d'honneur, —
Permettez que je vous adresse
Mes meilleurs souhaits de bonheur.

L'hymen vous unit pour la vie.
Vous, Madame, par la beauté,
Allez sur son âme ravie
Répandre la félicité !

Époux, rayonnant d'espérance,
De ta compagne — dès ce jour —
Tu vas éclairer l'existence
Par le doux flambeau de l'amour !

Et jamais le chagrin, les pleurs,
Sur vos yeux n'étendront leurs voiles:
Vos sentiers sont couverts de fleurs,
Votre ciel est semé d'étoiles!

1880.

MON PLAISIR

Ah ! laissez-moi pleurer, n'essuyez pas mes larmes !
Laissez, frères ! Les pleurs ont aussi bien des charmes,
  Laissez-moi savourer mes pleurs !
Cueillez, frères, tout seuls, les blanches aubépines,
Cueillez tous les plaisirs, laissez-moi les épines,
  Laissez-moi les douleurs !

Je suis triste ; allez seuls, la chanson sur les lèvres,
Dans les champs verts chasser les lapins et les lièvres
  Et cueillir la fleur des genêts !
Allez, beaux jeunes gens, prendre la taille aux belles ;
Mais gare au père qui tient toujours l'œil sur elles,
  Comme un chien aux aguets !

Allez dans les salons faire la cour aux femmes,
Dont les regards divins brillent comme des lames
    Et nous blessent aussi le cœur !
Soyez gais, et dansez si vous aimez la danse !
Et foulez à vos pieds des fleurs en abondance
    Et chantez tous en chœur !

Amis ! et si, pensant à moi, l'on vous demande,
En joignant à ces mots un air de réprimande :
    « Il n'est pas avec vous encor ! »
Répondez : « Il est fou ; nuit et jour, à toute heure
Il lève le regard vers le beau ciel, et pleure
    Sur une lyre d'or !

Ne l'interrogez pas ; il aime sa folie.
Il boira la douleur, dit-il, jusqu'à la lie,
    Le bonheur ne peut l'effleurer !
N'essayez pas de lui procurer de la joie,
De chasser le chagrin auquel il est en proie,
    Car il aime à pleurer ! »

1878.

UN MOT !

IMPROMPTU

A LA SOCIÉTÉ PHILOTECHNIQUE LATINO-AMÉRICAINE

Je suis Français, Messieurs, la France est ma patrie,
Mais, dans mon cœur qui l'aime avec idolâtrie,
Cet homme, ce héros, ce fier républicain,
Le cher libérateur du peuple américain,
L'immortel Bolivar ! tient une grande place.

L'illustre général, qu'avec justice on place
Au-dessus de ceux qui jadis ont existé,
Représente à nos yeux : l'honneur ! la liberté !

Américains, que nul ne pourrait plus soumettre,
Tombez tous à genoux devant votre seul maître ;
Car en brisant vos fers, Bolivar, sans retour,
A su vous enchaîner par les liens de l'amour !

1880.

SIMPLE HISTOIRE

La malheureuse enfant ! D'abord la maladie
L'a prise ; puis la faim qui murmure : « Mendie ! »

Isabelle est sortie. On voit dans le lointain
Se dresser, calme et froid, un monument hautain !
Des croix sur les tombeaux et des morts sous la pierre ;
C'est la maison de tous : le vaste cimetière !

Le silence et la paix règnent toujours ici.
Dans un lit sépulcral, délivré du souci,
L'homme qui vit le jour tranquillement repose.
Ces tombeaux, où parfois une orpheline pose,

Avec un doux baiser quelques timides fleurs,
Ont mangé notre chair et puis ont bu nos pleurs !

Terre ! sable ! limon ! toi qui les environnes,
Dérobant à leurs yeux ces croix et ces couronnes,
Hommage de ceux qui jadis les ont aimés,
Et qui seront demain à leur tour enfermés ;
Toi qui les enfantas, qui leur donnas la vie,
Qui des fruits de ton sein vis leur faim assouvie ;
Toi, notre mère à tous, tu bénis le trépas
Puisqu'il te rend ces fils que tu tiens dans tes bras !

Mères ! venez, voyez : ces tombeaux sont tous vides !
Où donc est le front pâle et les membres livides
Qui depuis quelques mois reposent dans ces lieux ?
Interrogez la terre ! interrogez les cieux !

Et c'est vers ces tombeaux que l'enfant se dirige.
La faim dans son esprit a jeté le vertige ;
Sans savoir, elle a pris ce lugubre chemin.

Elle est blanche : sa lèvre a perdu son carmin ;
Le front pâle est couvert de poussière et de boue ;
Un tremblement nerveux à chaque instant secoue

Son corps autrefois souple. A ses cheveux épars,
A ce ris sarcastique, à ces yeux noirs, hagards,
On croirait voir passer une antique sorcière.

On aperçoit au loin les croix du cimetière.

Elle marche !
                    Il fait froid, c'est le mois de janvier,
C'est le mois où la mort, jetant son épervier,
De pauvres mendiants fait une grande proie !
Le mois où les heureux du monde ont plus de joie !

Elle frôle le mur d'un somptueux hôtel.
C'est un beau monument en forme de castel.
On y danse, on y rit, le diamant scintille.
Là, l'on jette un regard à travers la mantille ;
Ici, c'est un sourire, et là-bas une enfant
Dans les bras d'un danseur à peine se défend.

Isabelle regarde et passe sans rien dire :
Son âme, pauvre enfant, n'a jamais su maudire
Ceux qui de la richesse ont reçu les faveurs.

Elle arrive, et déjà ses yeux sont moins rêveurs !

— Que viens-tu faire ici ? Sur cette froide tombe
Où ton beau corps brisé comme une masse tombe,
Que viens-tu donc chercher, et que veux-tu ? Réponds !
Ton pied, nouvelle Vierge, écrasa les démons
Qui comme à Jésus-Christ t'offraient les biens du monde,
Si tu souillais ton âme en une fange immonde.
Tu meurs reine, la mort ne doit pas t'affliger :
Ton front est ceint de la couronne d'oranger ! —

Ses yeux sont moins rêveurs, une larme les mouille.

Sur la route soudain une voix qui gazouille,
Triste, répand aux vents ses funèbres accords :
Son chant rappelle un peu les prières des morts !

Voici la tombe où dort sa mère, où dort son père ;
L'enfant est là gisante. Elle attend ! elle espère !
Quoi donc ? Est-ce une aumône ? Est-ce un morceau de pain ?
Oh ! non ! car maintenant, non, elle n'a plus faim !
Elle se sent mourir, elle se sent moins forte,
Elle s'éteint. Voyez : un ange aux cieux l'emporte !

N'ayant plus de logis, ayant beaucoup souffert,
L'enfant a frappé là : ses parents ont ouvert !

Demain, quand le soleil jettera sur la terre
Ses rayons éclatants, dans ce lieu solitaire
Cette enfant dormira sans entendre un soupir,
Sans laisser un regret, pas même un souvenir.

1879.

A MA FRANCE!

I

LA LORRAINE

Hommage respectueux à Mlle CARMELITA DE B.

Au coucher du soleil on la voit tous les soirs.

Comme une veuve elle a couvert de voiles noirs
Son front qui sait cacher les tourments de son âme.
Elle marche tout droit, la pauvre et noble femme ;
Son regard, détaché de la terre, paraît
Suivre dans le ciel bleu l'astre qui disparaît.

Sa démarche devient de plus en plus altière,
Et son air plus hautain ; lorsque notre frontière
Frappe ses tristes yeux, alors de longs soupirs
S'exhalent de son cœur rempli de souvenirs.

Elle marche toujours dans la verte campagne,
Et sans se fatiguer, car l'amour l'accompagne.
Nul ne la voit, nul n'est en cet instant aux champs,
Seul le doux rossignol égrène quelques chants
Qui vont se perdre au loin et que l'écho répète.
Ainsi que le roseau courbé par la tempête,
Ou comme les épis sous le souffle du vent,
Son front calme et serein s'est incliné souvent
Sous le vif ouragan de la douleur impie.
Elle marche toujours et tout bas elle prie ;
Et lorsqu'elle aperçoit son cher pays natal,
Bien heureuse, elle jette un cri sentimental,
Porte dans tous les sens sa prunelle tarie
Et baise avec amour le sol de la patrie.

1879.

II

MARSAL

A mon très cher Alfred Hervé

Marsal appartenait autrefois à la France.
Jusqu'à l'heure où luira le jour de délivrance,
Marsal est prussien.
                    Marsal, pauvre Marsal !
Tu n'enfles pas beaucoup l'empire colossal.
Vois-tu, mon bon Marsal, je voudrais voir la Prusse
Manger du Hollandais, quelques morceaux du Russe ;
Et comme tous ces mets seront en désaccord,
— Parce que ces messieurs n'ont pas l'esprit accort—
Après quelques ennuis, quelques douleurs de ventre
Et les tiraillements du nord, du sud, du centre,
Et la pauvre Allemagne en évolution...

Voir l'empire mourir d'une indigestion !

Le goulu ! Regardez comme il mange les villes !
Attends, tu vas bientôt voir les guerres civiles ;
Le Sud peut dire au Nord : « Je ne te connais pas,
Envahisseur maudit, retourne sur tes pas. »

Hélas ! ils nous ont pris comme les saltimbanques
Ravissent les enfants : par la ruse ! Leurs banques
Sont vides. Un matin on prend les Bavarois
Et non les Prussiens — ces messieurs sont des rois. —
« La caisse est vide, allez chercher de l'or en France.
Que font cinq milliards à leur exubérance ?
Esclaves, allez donc ! » Et le Bavarois vient,
Entre tranquillement chez nous et nous prévient
Qu'il faut beaucoup d'argent au Prussien son maître,
Et que nous sommes tous priés de nous soumettre.
Et cet humble valet nous donne en rougissant
Un beau reçu — toujours écrit avec du sang ! —

1880.

III

TOAST A L'ARMÉE

O douleur ! L'empereur s'est rendu ! La patrie
Pour la première fois, hélas, se voit flétrie !
Maintenant c'est la honte, à présent c'est la paix ;
Mais demain ce sera la gloire des Français !
Adieu, belle Lorraine ! Adieu, pays d'Alsace !
C'est un orage bien terrible, mais qui passe.
Le Prussien vous saisit ! Mais attendez demain.

De crainte de vous perdre, il vous tient de la main ;
Mais quand le Dieu vengeur nous donnera l'épée,
Elle lâchera prise ou tombera... coupée !

Il a peur, n'est-ce pas, le Prussien ? Son œil
Est fixé sur vous tous qui portez notre deuil !
Et d'avance, craignant nos victoires prochaines,
Il prit cinq milliards pour acheter... des chaînes !

O ma muse, tais-toi ! Laisse-moi sur leur front
Ajouter chaque jour une injure, un affront !
C'est en vain que tu dis que nous sommes tous frères :
As-tu donc oublié ces troupes mercenaires
Qui nous ont arraché les enfants au berceau,
  Et ceux qui, morts Français, gisaient dans le tombeau !

Pitié ! dis-tu ! pitié !
                    Certes, ton cœur sensible
Doit plaindre tous les morts ! Mais il est impossible,
Muse, qu'en prononçant le mot de Prussien,
Il ne bondisse pas de haine avec le mien !

Plus de sang ! me dis-tu. Moi, je dis à ma gloire :
Versez !
         Et vous, soldats, je vous invite à boire !

1880.

IV

LA MARSEILLAISE

> L'année 1870 a donné. . . . . à l'Empire
> Sedan. Que fera l'an 1880 ?
>
> VICTOR HUGO.

Quoi ! vous osez encor chanter la Marseillaise ?

Vous osez, dans Paris, dans l'Athènes française,
Faire encor retentir ce cri que nos aïeux,
Bien plus heureux que nous et bien plus glorieux,
Jetaient, ivres de gloire, à la foule en alarmes,
Ce cri vraiment français, ce cri sublime : « Aux armes ! »

Oh ! taisez-vous ! Tais-toi.

           Ce cri, peuple moqueur,
Part du bout de la lèvre, et non du fond du cœur.

Tais-toi.

Ne fais pas rire aux dépens de la France
Ceux qui depuis dix ans redoutent la revanche.

Silence ! Taisez-vous !
Oh ! ne chantez donc pas
Dans Paris que le Vil a souillé de ses pas !

Mais courons, secouant le joug qui nous oppresse,
Abaisser leur orgueil !
Français, oh ! dépêchons ;
Car il faut, pour laver les trottoirs de Lutèce,

A voir leur sang pour eau, leurs drapeaux pour torchons

1880.

LE GRAND ADIEU.

Adieu ! J'ai trop souffert pour ne te point haïr.
Je ne veux plus te voir. Je craindrais de trahir
Mon serment ; je craindrais de t'aimer. Il me semble
En prononçant ces mots que je rêve. Je tremble
Comme le matelot lorsque dans le ciel noir
L'orage va gronder. Je ne veux plus te voir !

Adieu !... Je n'irai plus te demander l'aumône
D'un regard. Je te hais. Adieu ! Je te pardonne
Les maux que tu me fais souffrir ; mais le remord
Te rongera le cœur jusqu'au jour de la mort ;
Une voix te dira dans ton âme alarmée :
« Il est si malheureux pour t'avoir trop aimée ! »

Adieu! Soyez heureuse, et si sur mon chemin
Le hasard me faisait vous rencontrer, ma main
Ne tressaillira plus au contact de la vôtre;
Nous baisserons les yeux. Hélas! ni l'un ni l'autre
Ne sourira. Portant le poids de mes malheurs,
Je fuirai loin de vous, j'irai cacher mes pleurs!...

Adieu! Si tu savais quelle nuit j'ai passée!
Que de mots envolés de ma lèvre insensée
Effrayaient mes amis! Un tremblement nerveux
Agitait tout mon corps des pieds jusqu'aux cheveux;
Je t'avais attendue en vain devant ta porte;
Je grelottais de froid; je souf..... Mais que t'importe!

Que t'importent mes maux? Que t'importent mes pleurs?
Tu rirais, n'est-ce pas, de toutes mes douleurs?
Tu rirais en sachant que moi, comme une femme,
Au sombre désespoir j'abandonne mon âme,
Que mon œil sait pleurer, que mon cœur sait souffrir,
Et que je suis aussi capable d'en mourir!

Adieu! Tu me l'avais écrit pourtant. « Je t'aime,
Disais-tu, je voulais me cacher à moi-même
Ce feu, car j'ignorais que ton cœur à son tour
D'une immortelle ardeur me payait de retour;

Mais, puisque tu m'apprends ta passion extrême.
J'ose enfin t'avouer que dès longtemps je t'aime !

O billet, sois maudit ! O toi qui dans mon cœur
Vins allumer l'espoir ! O toi, billet trompeur !
Billet dont mille fois j'ai baisé chaque lettre,
Sois maudit, sois maudit, oui, sois maudit ! Peut-êtr.
Aurais-je moins souffert, aurais-je moins pleuré,
Si tu m'avais caché cet amour ignoré !

Adieu ! je t'oublierai ! Du moins, si tu me sèvres
Du souris bien-aimé de ta bouche, des lèvres
Amoureuses viendront me sourire ; des yeux
Me feront oublier tes regards orgueilleux ;
Une autre adoucira le tourment que j'endure,
Et de mon cœur saignant pansera la blessure !

Mais ce ne sera pas ton candide souris ;
Ces yeux ne seront pas ceux dont je suis épris ;
Ce ne sera pas toi. Rien ne pourra me faire
T'oublier, mon amour. Qui pourrait donc me plaire,
Quelle femme pourrait faire accepter sa loi
Au pauvre cœur qui n'aime et n'aimera que toi !

Adieu ! Je te bénis, je bénis ma souffrance.
Ces jours qui ne sont plus, ces heures d'espérance,
Ces instants de bonheur, me seront toujours chers.
Adieu ! J'ai pardonné tous les tourments soufferts ;
Ceux que je vais souffrir, je les pardonne encore.
Je te pardonne ! Adieu pour toujours, je t'adore !

Octobre 1881.

TABLE DES MATIÈRES

LA JUNG-FRÁU

CHANT DEUXIÈME

CHANT TROISIÈME

GRAINS DE SABLE

DES PRESSES

DE D. JOUAUST. IMPRIMEUR

Rue Saint-Honoré, 338

LIBRAIRIE DES IDÉALISTES

ŒUVRES COMPLÈTES

DE

CARLOS-RENDON

TRISTISSIMA, poème (épuisé).

L'ALSACIEN, poème (épuisé).

LES PRÉLUDES.
LES PRÉMICES DU CŒUR. } 1 vol. . . . . 3 fr.

LA JUNG-FRAU, poème.
GRAINS DE SABLE· } 1 vol. . . . . 3 fr.

LA TERRE DE COLOMB. . . . . » 75

PLACE AU PEUPLE ! . . . . » 50

SOUS PRESSE :

Poésies nouvelles.
Olmedo, biographie et œuvres traduites.
Bello, biographie et œuvres traduites.

Paris, imprimerie Jouaust, rue Saint-Honoré, 888